U0897206

诗苑译林

在水中热爱火焰

埃乌热尼奥·德·安德拉德诗选

EUGÉNIO DE ANDRADE

[葡]埃乌热尼奥·德·安德拉德——著
姚风——译

湖南文艺出版社

“埃乌热尼奥·德·安德拉德的诗歌，穿越一条自然性和人性共构的通道，把葡萄牙式的温暖、明亮、忧郁、破碎和宽阔带到我们生活的世界。他的诗歌是自然的梦想，是艺术的繁花，是爱的祈祷，是美学的轻拢慢捻，是可度量和不可度量的结合，是唤醒的赞美和精神的归途。安德拉德葆有青春的挚爱与大地的厚重，又洋溢生命的本色，因此窥见美神亲切的面容。在大地之上，安德拉德拥有一颗可以居住的心，正是他对浮华与媚俗的摈弃，正是他对事物诗意的挖掘，他的诗歌自然而然地呈现出非凡的魅力。”

——首届“诗歌与人·国际诗歌奖”授奖词

目 录

译序

一次与葡萄牙卡蒙斯学会主席、葡萄牙文学专家林宝娜（*Ana Paula Laborinho*）博士聊天，我问她葡萄牙文学中最值得向外推介的是什么，她毫不犹疑地回答我：诗歌！葡萄牙作为一个伊比利亚半岛的小国，曾经以挑战未知世界的冒险精神在世界历史上书写出里程碑的一页——航海大发现。然而，两百年的辉煌之后，葡萄牙便开始逐渐衰退，在黯淡的历史隧道中蹒跚而行，在这漫长的时光中，是诗歌为葡萄牙民族提供了抚慰心灵的食粮，每一段历史的进程中都有诗人站在高处歌唱或悲吟。或许，这个国家没有培育出优秀的哲学家、思想家、艺术家、音乐家，但是却从来不缺少出类拔萃的诗人，而埃乌热尼奥·德·安德拉德（*Eugénio de Andrade*，*1923—2005*）无疑可以位列其中。林宝娜博士还告诉我，她也是埃乌热尼奥·德·安德拉德的忠实读者，旅行中常常随身携带着一本他的诗集。

安德拉德被公认为是葡萄牙当代最重要的抒情诗人，曾被提名为诺贝尔文学奖候选人，2002年获得卡蒙斯文学奖，这是葡萄牙语文学中的最高奖项。他的诗歌已被译成二十多种文字，在世界各地受到普遍的欢迎。除了现代主义诗歌先驱费尔南多·佩索阿（1888—1935）之外，安德拉德是20世纪以来被国外译介最多的一位葡萄牙诗人。安德拉德1923年出生在葡萄牙中部地区的一个农民家庭，在家乡读完小学后，先后在省府白堡市、首都里斯本和科英布拉求学，在此期间阅读了葡萄牙和国外诗人的大量作品，并开始写作。1946年在里斯本的卫生部门担任公职，1950年定居北方城市波尔图。1942年他发表处女作诗集《纯洁》，但给他带来声誉的是《手与果实》（1948），奠定了他作为一个优秀诗人的地位。从此他从未终止过写作，生前发表了三十多部作品，主要作品有《手与果实》、《水的前夜》（1937）、《没有钱的情侣》（1950）、《禁词》（1951）、《白昼的心》（1958）、《九月的海》（1961）、《永恒定律》（1964）、《黑暗的主宰》（1972）、《水的前夜》（1973）、《大地走笔》（1974）、《鸟的门槛》（1976）、《关于另一条河的回忆》（1978）、《阴影的重量》（1982）、《白色上的白色》（1984）、《眸光之流》（1987）、《新生》（1988）、《絮语》（1992）、《舌尖上的盐》（1995）、《耐心的劳作》（1997）、《小册子》（1997）、《火的地域》（1998），散文集《寂静的流动》（1968）、《脆弱的面孔》

（*1979*）以及诗歌翻译作品等。

1987 年，我已经大学毕业，在北京一家文学研究所工作，一次偶然的机会得到一本葡萄牙文诗集，翻译成中文的名字是《栖居的心》，作者就是安德拉德。那时我接触到的外国诗歌非常有限，所以这本书给我带来了很大的震撼。我爱不释手，反复阅读，并尝试翻译。*1991* 年，我选译了安德拉德的五十多首作品，取名为《情话》，交由澳门文化司署出版。*1992* 年，那时我已在里斯本工作，《情话》在澳门出版后又在里斯本举行发行仪式，安德拉德远道而来参加了发行仪式，我们分别用中、葡文朗诵了诗选中的诗歌。他对我说，当得知他的诗歌被译成古老的中文时，他感到特别兴奋。事实上，他一直对东方诗歌情有独钟，东方诗歌，尤其是中国诗歌和日本诗歌在他的作品中留下了痕迹。从那次会面后，我们一直保持着书信往来。*1993* 年我又翻译了他的诗集《新生》，并请求他为中国读者作序。他欣然应允，很快就寄来了序言。在这篇漂亮的序言中，他比较了中西诗歌的异同，还提到李白、杜甫和白居易，甚至说他最喜欢的一首中国诗是李白的《送友人》。最后，他这样写道："很高兴我的诗歌通过你的手，抵达了'万物源于斯'的东方。也许我紧贴大地、超脱俗世的诗句所传达的质性自然会融入你的语言之中；也许一些魂灵，只要屏息谛听，也会听到雨的喧响和山雀的啁啾。"①

① 埃乌热尼奥·德·安德拉德《新生》，澳门文化司署/花山文艺出版社，1997，第3页。

*2006*年，我翻译了安德拉德更多的作品，结集为《安德拉德诗选》，黄礼孩把它列入《诗歌与人》丛书，自行印行出版，在诗歌界产生热烈的反响。从这本书开始，才可以说安德拉德真正来到了中国，而且再也不会离开。

一

“紧贴大地、超脱俗世”，安德拉德说出了自己诗歌的本质。实际上，他的诗歌从大地开始，不懈地用诗歌的符号构建一个扎根大地、向往天空的精神家园。他的双手学习深深地挖掘土地，把那些被窒息的音节催生为手中的果实。在他的诗歌中，大地是最基本的，也是最重要的元素，而大地与人的关系更是他念念不忘的主题。他说：“我的诗歌与其说接近世界，不如说更接近土地。我是站在海德格尔所说的意义上这样说的。”[①]海德格尔作为诗人哲学家，特别强调诗人与自然的关系，他在阐释荷尔德林的诗歌时指出，“自然‘培育’人”[②]，而人又是谁呢？“是必须见证他之所以是的那个东西”，人要见证的就是他与大地的归属关系，这种关系的根本在于“人是万物中的继承者和学习者”[③]。安德拉德出生并成长于葡萄牙中部地区的

---

① Visão 杂志，里斯本，1998 年 11 月 26 日出版。

② 海德格尔《荷尔德林诗的阐释》，商务印书馆，2000 年，第 60 页。

③ 海德格尔《荷尔德林诗的阐释》第 39 页。

乡村，他从小就在河水和阳光中与大地建立了一种“亲密性”。他不止一次地强调，他和故乡土地的关系是母性的，也是诗意的。[①] 诗人的歌唱和行走都是为了在大地中扎下根须，他的整个王国，包括童年、爱情、生活、身体、死亡和语言都是依存于大地的：

一个词
依旧感受着大地
在一个词中
可以发现
燃烧的嘴唇，爱情的身体[②]

大地是世界物质存在的主要部分，它以博大的胸怀允许一切生灵成长。一棵树选择一块土地生长，一匹马在大地上丈量自由，甚至一只飞鸟最终也要从天空降落，它无法超越大地举起的树枝。大地赋予生灵以生命，同时接纳它们的死亡。大地不是牢狱，而是欢畅，是自由，是平安，充满着母性和慈祥。因此，所有的生灵与它都是归属的关系，而人更是这种关系最好的见证者。作为大地的儿子，安德拉德始终对大地怀有谦卑的情感，他喜欢用“匍匐”“贴近”

① Visão 杂志，同上。
② Eugénio de Andrade：Poesia e Prosa, Círculo de Leitores, 1987, p.24.

这样的词来形容他和大地的关系。他说“人只被许诺给土地”[①]，大地是诗人永远抒情的对象，既是母亲，也是情人；大地构成了诗人双重爱情关系的隐喻。

我寻找你突然而来的柔情，
寻找你的眼睛或者初升的太阳
它和世界一样巨大
寻找任何刀剑都没有见过的血液
寻找甜蜜的呼吸居住的空气
寻找森林中的一只鸟
它的形状是一声快乐的鸣叫。

哦，大地的抚爱，
终止的青春，
在草地的阳光和伸展的身体之间，
水的声音逃逸了。[②]

诗人以特有的感应和想象把大地当作倾诉的对象，寻找大地的抚爱，唱出童贞的赞美诗。诗人在赞美中进入世界，理解世界，“只有赞美，然后才有理解”[③]，诗人在赞美和

① 埃乌热尼奥·德·安德拉德《情话》，澳门文化司署，1990，第 80 页。
② Paula Mourão: Poemas de Eugénio de Andrade. Seara Nova. 1981. p.83.
③ 加斯东·巴列什：《梦想的诗学》，三联书店，1996，第 239 页。

理解中更紧密地拥抱着土地，哪怕水的逃逸留下了衰老和枯干。

古希腊将世界万物理解为四种元素：水、土、火、气，认为它们在任何时空中都是不会改变的。巴什拉根据这一学说，提出了四元素诗学，“认为文学作品的想象是由上述四种基础物质组成，作家的想象力通常倾向于其中一种元素”，他承认“诗人所建立的想象意识，才可以与物质世界维持一种原始的关系，并使这种关系获得一定程度的深度和强度，形象的梦想是直接由于内在的自我和物质实体的亲密联系。诗人的气质因对不同的物质元素的响应而跃动，一个伟大的诗人能够找到它自身存有和由外在真实间的一种秘密的亲密性”[①]。安德拉德正是寻求并找到这种亲密性的诗人，他与大地，包括大地上的泥沼、尘埃、沙子、石头等建立了自觉的诗性关系。只有在自然的秩序中，人才会感到和谐。在这种和谐中，人的心灵可以发现自身的全部价值和有规律的安宁，并且能够逃避尘世的茫然和虚空。诗人在绝望中希望的是逃避人类制造的荒凉，在归属大地之中获得完整，“我躺在阳光下／完整而充满意识／我成为了大地／不再属于人类”[②]。大地既是诗歌起飞的机

① 引自《汉学研究集刊》第 3 集，香港中文大学，2003，第 296 页。

② Maria de Fátima Martinho: A Poesia Portuguesa nos Meados do Século XX, Caminho, 1989, p. 159.

场，也是诗人“自我”归属的载体。诗人在大地上匍匐，死亡也是和谐的必须，事实上引领生命的是死亡，死爱着生，每个人都带着死亡向死亡走去。当年龄变得难以容忍，诗人坦然地面对这一“本然之物”，只希望回到轮回的初始，任由身体被泥土覆盖，“大地足够了／或者泥沼”[①]。

大地是母性的，她无私地贡献出植物、花朵和果实，以丰饶的胸膛养育着万千生命。这些植物不仅是生命的象征，也被诗人化为他身体的一部分，关联着诗人的秘密和爱情。他喜欢走进森林，成为一棵向天空生长的树，树缩短了他与天空和飞鸟的距离，甚至在他身体最富有生命力的地方生长的也是一棵树。他说：“当我写作的时候，一棵树开始慢慢走进我的右手。黑夜披着古老的披巾到来，树在生长，选择了我身体中水最丰沛的地方。”[②]他也喜欢花，但是“用牙齿衔着一枝花生活并不容易”；花必须开放，但诗人却难以抵达开放的季节：“我们只是叶子／和它的声响／我们毫不安全，无法成为花朵绽放。”[③]而面对象征爱情的玫瑰，诗人却感到爱情已经枯萎，他只能叹息，因为玫瑰“已被烧灼。已尽是语言的污秽”[④]。因此，诗人移

---

① Paula Mourão,op.cit., p.106.

② Paula Mourão,op.cit., p.131.

③ Maria de Fátima Martinho,op.cit., p.160.

④ 埃乌热尼奥·德·安德拉德《新生》第46页。

情于更广泛的物质，“如果你是花，是风，是海，或者是泉水，在我的诗歌中，我就把你称作爱情”[①]。他在生活中是孤独的，但他的情人遍布天下，他把美好的诗句献给了她们。

大地上所有的居民，不管是脆弱的还是强大的，都享有大地馈赠的权利，而人类不应该是自然的主宰。安德拉德曾表示，他越来越厌恶与他人交往，他喜欢远离人群，去亲近那些马、鸟、蛇、鸟等生灵。在这些生灵中，诗人找到了自己的化身。他可以是一条蛇，以爬行的方式亲吻大地，去印证他和大地的关系，甚至生命的轮回也在蛇脱掉皮肤的过程中得到了体现。他钟爱马，马的形象意味着自由的延伸和扩张，散发着澎湃的生命力。飞鸟则象征着不知道边界的飞翔，诗人要做一只青春的鹰，“燃烧着飞翔”[②]。巴勃娜•莫郎在评论安德拉德诗歌时写道：“一般说来，动物代表着纯真的存在，充满着性欲的活力，在自然的世界中自由地奔跑，但这个世界一旦有人的存在，动物便会遭到迫害。”[③]事实上，诗人不仅仅是以人性的光芒照耀着动物世界，更多的时候写的是他自己，在它们身上，诗人寄托着自己的生命。

在辽阔的大地上，诗人以俯首的姿态生活，书写着深

---

① Paula Mourão: Poemas de Eugénio de Andrade, Seara Nova, 1981, p.67.

② 埃乌热尼奥·德·安德拉德《新生》第 69 页。

③ Paula Mourão,op.cit., p.26.

情的诗章，大地成为诗人展示自我的无尽场所。然而，大地正在萎缩，城市正逐渐侵占田园和村庄，诗人的天堂正在被蚕食，甚至他为了生存，也无奈地住进了城市，像没有钱的情侣一样，忍受着冷雨寒霜，唯一的安慰是他的心中永远生长着诗歌。

二

大地的深处是水，水和大地是一种互补的关系。水孕育生命，培养敏感，是爱情的冲动，青春的澎湃，其循环不息的运动蕴含着创造。根据纽曼的解释，“大地深处是大母的容器特征，具有母性的特征”[①]。老子说，上善若水。巴列什则认为，“在水之前，没有任何东西存在。在水之上，也没有任何东西存在。水是世界的一切”[②]。安德拉德的诗歌充满了水的湿润和涌动，水，包括大海、河流、湖泊、雨滴、清泉、眼泪，汇成一个诗性的总体意象，注满诗人成长时期的记忆。诗人以水的状态进行精神的漫游，时而潜入纯洁、完美、沉静之中，时而被浪涛的呼唤俘获，面对大海的深邃和强大若有所失：

大海。大海再次跑到我的门前。

① 引自《汉学研究集刊》第 3 集，第 298 页。

② 巴列什《梦想的诗学》第 257 页。

我第一次见到大海，是在母亲的
眼睛里，波浪接着波浪，
完美而平静，然后

冲向山崖，没有羁绊。
我把大海抱在怀中，无数个，
无数个夜晚，我
睡去或者警醒，倾听

大海玻璃的心脏在黑暗中跳动，
直到牧羊人的星星
在我的胸膛上，踮着脚尖
穿过布满刻痕的夜晚。

这个大海，如此遥远地把我呼唤，
它的波涛，除了我的船，还拿走了什么？[①]

大海如此辽阔，它既容纳百川，又是深邃的归宿，“我会唱一首歌来欺骗死亡——／我这样漂泊，在通往大海的路上”[②]。逝者如斯夫，但成为过去的不是时间，不是河流，不是大海，而是我们。大海不知道人类的欲望，沉船不过

① Eugénio de Andrade, op.cit., p.260.

② Eugénio de Andrade，op.cit., p.233.

是人类的事情，从来不属于大海的心脏。这个大海还曾拿走了什么？诗人询问大海。大海曾给葡萄牙人带来最辉煌的历史，但又用波浪埋葬了这段历史。多少葡萄牙诗人倾听着大海心脏的跳动，时而欢喜，时而兴叹。

更多的时候，诗人临水自乐，感到了平静和愉悦，“梦想，为我们提供平静之水，沉睡在任何生命深处的默默无闻之水，永远是水使我们恢复安静。使人安宁的梦想无论如何找到一种安宁的实体”[①]。水是质朴的，纯净的，普通的，是生命不可缺少的，水的这种本质成为诗人感受幸福的一个原因：“和往日一样／我快乐地颤抖／只是因为看见水／在白日的光芒中流淌。”[②]水不是真理的载体，但它是纯美的，很多时候被诗人赋予了性爱的象征意义：

> 湍急，你的身体像一条河，
> 我的身体在其中迷失，
> 如果倾听，我只听到流水潺潺。
> 而我，甚至没有短促的涟漪。[③]

水火不容，但在安德拉德的诗歌中，水与火却达成了

---

① 巴列什《梦想的诗学》第 162 页。

② Eugénio de Andrade: op.cit., p.150.

③ Paula Mourão,op.cit., p.69.

契约。赫拉克利特说："火产生一切，一切都复归于火"，"这个世界……它过去、现在、未来永远是一团永恒的活火，它在一定的分寸上燃烧，在一定的分寸上熄灭"。[①]安德拉德也把自己生命的过程比作火的过程，活着就是燃烧，"做一朵火焰，／走遍一颗颗星辰燃烧，／直到灰烬"[②]。他对一系列关键词，包括火焰、阳光、热浪、闪电、灰烬、燃烧等倾注了炽烈的热情。火是升华，是身体的激情勃发；火也是毁灭，会给人的身心留下黑色的伤疤。火还标志着事物的周而复始。而水与火的结合（流动和燃烧），则是两个身体碰撞的高潮。对安德拉德来说，水是他成长的伴侣，是他生命中深刻而柔软的物质，而火则喷射出蕴藏在身体内的爱欲，血液中的激情，"火伴随着爱"[③]，亨利·博斯科也说"我们身上仍然留存的人性的东西，只有热"[④]。卡蒙斯把爱情比作看不见的火焰；阿桑克德雷则看到了燃烧中的孤独："所有的火都带有激情／光芒却是孤独的！"[⑤]火本身就是矛盾的，也是统一的，燃烧带来热量和光芒，但燃烧又会走向灰烬，带来毁灭。然而，诗人满怀热情地歌唱火和光，他用炙热的手烧制词汇，把家乡强烈的阳光当作肌肤最亲密的伴侣，或者用炽热的石灰墙驱赶阴影。在安德

① 《古希腊罗马哲学》，商务印书馆，1982，第 21 页。

② Eugénio de Andrade, op.cit., p.253.

③ 巴列什，引自《汉学研究集刊》第 3 集，第 417 页。

④ 引自巴列什《梦想的诗学》第 162 页。

⑤ 引自陆健《外国著名短诗 101 首赏析》，珠海出版社，2003 年，第 127 页。

拉德的诗歌文本中，词汇常常具有火的本来特征，人们可以轻易发现两组相反相成的语词：光芒、火焰、燃烧、炽热、太阳、石灰（他的家乡到处都是涂着白石灰的房屋），这些词洋溢着热情、欢乐、赞颂，是对灿烂事物的认同，而灿烂的词语背面则是灰烬、黑暗、冰冷、疤痕。这是火的宿命，也是生命的宿命。燃烧，诗人用自己把自己点燃，因为没有人可以代替他去生活。生活充满着从燃烧到灰烬的循环，重要的是获得重新开始的勇气，重要的是把火焰举在高处：

> 你说，你依然说出的词
> 会让寂静筑起家园，
> 或者在目光的高度，
> 举起火的王冠。[①]

三

如果说大地是诗人歌唱的中心，那么身体则是另一个中心。身体在其他身体中被发现，被挖掘，成为“我”连接其他基本事物的阀门。身体可以是水，在流动，又像火一样，在燃烧，两者的碰撞和结合会产生激烈的结果，这

① Eugénio de Andrade: Poesia e Prosa, op.cit., p.240.

符合两个身体的结合。基本元素是世界构成的起始，所有这些元素，都和身体建立了紧密的关联，因此，以性爱的本能来寻求与自然的认同构成安德拉德诗歌的特性之一。他用音节打开身体，用所有的器官去感知；他让身体走进世界，让世界走进身体。身体把外在世界和内在世界分离，又使它们紧密连接。身体作为他诗歌的主体之一，既是一个欲望，也是一种柔情，总之，诗人的世界被身体化了，成为爱和被爱的混合体。爱永远是一个主题，它本身是一个欲望，由心灵酝酿，由身体显现。“我爱欲望 / 用整个身体 / 快些把我掩埋”[①]。相对于身体而言，诗人厌恶没有“血肉”的思想，“在我的诗歌中，身体的重要性在于把尊严还给人的身体最受侮辱、最受蹂躏、最受蔑视的那一部分……任何没有血肉的思想都让我恐惧”[②]。诗人赞颂身体，目的是要恢复人的尊严和完整性。

身体也是时间的滴漏：人的存在需要对时间的感知，时间的流逝振动着诗人的触角，而计算时间的是人的身体；时间会在身体上留下刻痕，难以抹掉。面对无情的时间，一方面是回到童年，重温旧时的快乐时光，另一方面承认衰老这一必然的结局。诗人用身体结合着过去和“现在的

① Eugénio de Andrade:Poesia e Prosa, op.cit.,p.86.

② Eugénio de Andrade:Poesia e Prosa, O Jornal,1990, p.296.

时间”，过去的时间保存着幸福的碎片，意味着回忆的可能性，甚至是一个个担当着保护者的黑夜，而现在的光阴则被晨光进犯，让诗人受到“过多的白日”的折磨，这一切皆因身体在成长，昔日的英俊青年已经变成一个厌恶镜子里的“我”的人。时光最终会让镜框扶住一个人的面孔，成为岁月的遗照。生命以身体的形式诞生，又以身体的形式消亡，这种回归的结局是身体离开了自我，离开了世界，只有诗人遗留的语言像迷茫的航船在人间漂流，抵抗着遗忘和死亡。

作为诗歌所呈现的重要元素，安德拉德把身体看作是神圣的，纯洁的，就像大地和流水，邪恶不是来自身体，而是来自人的欲念，因此诗人用词语擦亮身体的内部和外部，使之变得纯洁，甚至凝结着神性；身体成为意愿和爱情的实践者，在闪电的飞跃中获得了新生：

呼吸。一个躺下的
可以触摸的身体，呼吸。
一个赤露圣洁的身体
呼吸，起伏，不知倦意。

我爱意盈怀，触摸诸神留下的事物。
负载沉重希望的双手

追随胸脯的起伏
并且战栗。

一条心河在等待。
等待一道闪电，
一束阳光，
或者另一个身体。

如果我贴着裸体倾听，
就会听到一支乐曲袅袅飘起，
从血液中起飞
延宕另一支乐曲。

一个全新的身体诞生，
诞生于这支不会停止的音乐，
诞生于阳光嗡嗡作响的树林，
诞生于我袒露的身体之下。[①]

身体是神给予人类最美妙的礼物，它在起伏中呼吸，它可以触摸和被触摸，它期待着和另一个身体相遇，相撞，相融，从而诞生一个全新的身体，一个完美的身体。身体

① 埃乌热尼奥·德·安德拉德《情话》第38页。

作为与世界最直接的联系，只有与另一个身体结合，才会达到完整和神圣的境地。火焰的花蕾在太阳升起的地方聚集，赶走了阴影，令静寂失明，因此“你身体的两侧/清泉奔涌/成为蜜蜂的河流/老虎的呼啸”[①]：

和我一起躺下吧，
照亮我的玻璃。
在你我的嘴唇之间，
所有的音乐都属于我[②]。

身体是鲜活的，因为诗人打开了所有的门扉来体验，来感知：眼睛、双手、面孔、皮肤、嘴唇……眼睛可以畅饮万物；双手是结满果实的家园，或者是在夏天的水波上航行的水手，“你看夏天如何/突然/变成你胸中的波澜/黑夜如何变成船/我的手如何变成海员”[③]；皮肤与阳光结为无间的伴侣；嘴唇编织着柔软的火焰。而面孔，诗人认为它是脆弱的，模糊的，自从青年时代，他就把写诗当作寻找自己真实面孔的方式。昂起面孔，对诗人来说是一种姿态，一种起来去反抗各种形式压迫的姿态。至于手，在安德拉德的诗歌中占有重要地位，是他最喜欢经营的一个

① Paula Mourão,op.cit., p.112.
② Paula Mourão,op.cit., p.112.
③ Paula Mourão,op.cit., p.155.

意象，他最重要的一本诗集就名为《手和果实》。身体之间直接的接触由手开始，手还是人类劳动的工具，它参与了人类精神的和物质的所有活动，因此手与果实建立了因果的关系，劳动的双手结满了果实，“它们是大地上最美丽的符号”，“它们是第一个男人，是第一个女人”[1]。还有嘴，诗人的身体可以绽开一千张嘴，为了亲吻或者歌唱，歌唱是沉静的反面，一个完美的身体会让诗人走进神秘的蓝色，牢记住歌唱的任务：

我喜欢歌唱，
在你裸体的沃土上。
在月亮和山岗上，
歌唱或者奔跑。
沿着你的双肩和手臂，
汁液和流水
在你双腿间的贝壳
汇成神秘的蓝色。[2]

身体是最隐秘的家园，这辽阔的空间汇聚着血液的碰撞，秘密的日记以及生活琐碎的细节，既保护主人，又代替

① 埃乌热尼奥·德·安德拉德《情话》第 36 页。
② Paula Mourão,op.cit., p.92.

主人承受。身体让人走进去，躺下来，浇灌寂静，倾听麦穗的喧响，最后“身体是为了交给泪水 / 身体是为了死亡”[①]。

四

“童年持续于人的一生……”[②]童年生活给予安德拉德一生的馈赠，他的诗歌常常从童年生活中汲取灵感，追忆童年成为他的诗歌最重要的主题之一。安德拉德出生的乡村是一个阳光灿烂的地方，那里民风淳厚，生活简单，他从小和母亲一起长大，母亲给他留下美好而深刻的记忆，强烈的母爱甚至战胜了父亲的缺席在他的心灵上投下的阴影。他八岁时离开家乡，到城市读书，对他来说，是童年的记忆使他的心灵第一次开启。在他的一生中，童年的经历未必能抵达生活的最深处，却激起最持久的回声。童年的记忆是他躲避现实世界的洞穴，也是充满重新发现的矿脉；它在诗人成年以后，唤醒了那些沉睡的事物， 撩开遮蔽在存在本相上的阴影；它像裸着脚轻歌浅唱的少年，引领诗人进入了澄明之境。

生命之水向下游奔涌，诗人却在流水之中永远牵引着童年的溪流。“剩余的童年是诗的萌芽”[①]，安德拉德快乐

① Paula Mourão,op.cit., p.108.

② 巴列什《梦想的诗学》第 134 页。

地享受着童年的记忆，喜欢回到童年的天空展开想象的翅膀。在与自然万物一起成长的时光中，他看到了世界的最初形象。一个人的世界开始于童年，快乐的童年是他日后生活的源头，可以安慰疲惫孤独的灵魂，因此诗人在任何时候都无法割舍“剩余的童年”，它是驱动诗人想象力的源泉，正如巴列什指出的：“童年时期的存在真实与想象互相联系，而在此他以完全的想象体验现实的形象。”[②]安德拉德谈到他的童年时说：“我的根在童年时就深入于最基本的世界，从那时起我保持着对简单明亮事物的热爱，这是我的诗歌致力于反映的；我也热爱白色的石灰，它一直搅拌着我的精神；我还热爱蝼蛄刺耳的歌声，热爱口语，这种赤裸的语言，没有华丽的词藻，它表现出灵魂和身体的第一需要的沟通；从童年那里我还学会对奢华的蔑视，奢华是多种形式的堕落。”[③]童年时的形象成为诗人所认识到的最初的世界形象，这些形象扎根于诗人未来的生活，使他没有丧失追求梦想。“不断发展的童年是鼓舞诗人梦想的动力”[④]，他永远保持着一颗童心，就像歌德那样，在老人的脸上永远闪耀着一双孩童的眼睛，在洞悉与透彻中葆有本真的情怀和梦想的能力。佛郎兹•海伦斯写道：“人

① 巴列什《梦想的诗学》第 125 页。

② 巴列什《梦想的诗学》第 136 页。

③ Eugénio de Andrade：Poesia e Prosa, O Jornal, p.288.

④ 巴列什《梦想的诗学》第 172 页。

的童年提出了他整个一生的问题；要找到问题的答案却需要等到成年。”[①] 安德拉德把诗歌当作解答这一问题的最佳途径。

一个人如果有一个充满美好记忆的童年，那么他就不是一无所有。童年留下一扇敞开的门，允许消亡的过去在诗人身上继续生长，在时间齿轮的飞旋中给予他精神食粮。童年是另一个人，另一个“自我”，“无论如何，向往童年的梦想假若在追随诗人的梦想时越趋深沉，将会得到安宁的巨大好处”[②]。正因为如此，安德拉德对儿童怀有特殊的情感，在他们的身上他重新获得了自己的童年：

我牵着孩子的手，在城市的大街上行走，
我们去驱赶阴影，去召集
沙丘、骏马、依旧清新的太阳
以及快乐地吠叫的小狗。
我的眼睛嗅闻着前方，
而孩子的手照亮我的手。[③]

孩子为诗人赶走了阴影，因为他们手举一盏纯真的明

① 巴列什《梦想的诗学》第 173 页。
② 巴列什《梦想的诗学》第 162 页。
③ 埃乌热尼奥·德·安德拉德《新生》第 34 页。

灯，照亮了诗人黑暗的手。生活已经百孔千疮，奔马依旧在诗人的体内催促着时间，人已风烛残年，只有孩子们童真的力量依旧让诗人葆有青春之心；只有孩子们不会死去，他们是大地的新生，是永恒的延续。

葡萄牙是一个拥有天主教传统的国家，但安德拉德并不信仰宗教，他的童年也没有受到宗教的影响，“在我的童年，鸟儿比天使还要多”[①]，安德拉德这样说道。他没有西方宗教的负罪感，因此没有沉重。他摆脱了上帝预设给人类的罪恶，他要用诗歌去为神命名，赋予那些最基本的事物以神性。在他的诗中，自然中的万物都是神圣的，神不再是虚无缥缈的存在，而是诗人所热爱的事物：手、身体、果实、阳光、大海、花朵以及诗人自己，总之，尘世所有美的事物都具有神性，放声在他的心中歌唱。“诗人的本质并不在于对神的接受，而是在于被神圣者拥抱”[②]，只有人是人的果实，而神对人而言，只是他在现实中的愿望的体现，神在决定的本质和被决定的本质之间建立了互动的关系。因此，诗人赋予事物的与其说是神性，不如说是人性，诗人用人性来包容万物，以清澈的爱去拥抱万物。这种爱不是占有，而是给予和感激。人的季节就是自然的季节，

① **Eugénio de Andrade：Poesia e Prosa, O Jornal，p.388.**

② 海德格尔《荷尔德林诗的阐释》第 82 页。

这是神圣的时间，充满爱意的灵魂和纯洁的身体融为更加真实的个体，诗性的移情把这一个体投向超越自我的另一个自我，使其归于最纯朴的还原，这种还原会持久地保持着人与自然宇宙的和谐关系。

快乐的童年让安德拉德在自然的怀抱中自由地成长，奔跑和嬉戏，使他领略了自然的博大、慷慨和壮美。他与白杨树同行；他把自己当作向日葵的兄弟；他是最高的树枝，因此成为和太阳最亲近的人。海德格尔说："自然之所以强大，是因为它是圣美的，是令人惊叹而无所不能的。这个自然拥抱着诗人们。诗人们被吸摄到自然之怀抱中了。这种吸摄把诗人们置入其本质的基本特性中。"[①]外在世界与人的内心之间更深刻、更纯粹的联系催生着最简洁明亮的诗歌，但自然不只是作为自然本身而呈现出来，而是体现了人类归依的这种关系。安德拉德紧贴着大地生存，接受阳光的抚爱和收容，"把自我作为感光板去捕捉外界的分子运动和精神运动"[②]，他就像一颗成熟的葡萄，可以背诵出"夏天每一日的名字"[③]。

---

① 海德格尔《荷尔德林诗的阐释》第 62 页。
② 伊丽莎白・朱《当代英美诗歌鉴赏指南》，四川人民出版社，1987，第 234 页。
③ 埃乌热尼奥・德・安德拉德《情话》第 44 页。

五

安德拉德不向任何文学流派靠拢，但这并不意味着他的诗歌没有“互文性”，这绝对是不可能的，任何一个诗人都不是真空的存在，都是传统长河中的一道波浪。在安德拉德的身上，似乎不难看出不同诗歌传统的影响：伊比利亚中世纪谣曲、洛尔迦、里尔克、佩索阿（更多是其异名者里卡多·雷耶斯）、超现实主义、巴西诗歌等等。东方诗歌，尤其是日本俳句和中国古典诗歌也在他的诗歌也留下了回声，在为我翻译的他的诗集《新生》所作的序言中他这样写道：“我曾不止一次地说过，与古希腊诗歌和我们的友情谣曲一样，东方诗歌是让我百读不厌的；尤其是李白、杜甫、白居易以及王维，很早就俘虏了我。我之所以喜欢他们，并不是因为他们同我们在某些方面存在着无法比拟的区别，而是恰恰因为两者之间存在着相似之处。也就是说我们虽然相距遥远，但音节的力量可以使我们心有灵犀。”[①]

安德拉德很注重诗歌的音乐性，在这方面他对自己要求很严格，或许所有的艺术，都是对音乐的不断渴望，因此他对每一首诗的乐感和节奏都会进行认真的推敲，他会

① 埃乌热尼奥·德·安德拉德《新生》第8页。

仔细考虑每一个词语的使用和它在诗句中的位置，词语的元音和辅音的组合以及词语与词语之间的节奏。鉴于两种语言的巨大差异，葡萄牙语原诗中那种内在的节奏感难以传达到汉语之中。他的英文版译者瓦尔特·帕特（*Walter Pater*）曾当面向安德拉德讨教翻译中出现的一些问题，安德拉德会认真地用铅笔把每一个词的元音和辅音都标注出来，以至于整个诗集都画满了纵横交错的线条，于是他意识到："我真正的任务是翻译他的声音。"因为在翻译中，意象可能会自己照顾自己，而声音不会，你必须认真聆听每一个音节，然后在译入语中找到合适的发声器官。

也有人不怎么喜欢安德拉德，认为他的诗歌过于自恋，缺少深刻与繁复，缺少形式的实验和创新，也没有提出什么新的诗学主张。在保守人士那里，甚至他同性恋的性取向也成为吹毛求疵的理由。不管怎么样，可以肯定的是，安德拉德的诗歌始终保持着一贯性，这是一种坚定的自信与自足，他不依靠玩弄形式的花样来哗众取宠，不向任何文学流派靠拢，不向任何流行的审美趣味俯首，他不迎合读者，而是创造读者。就是这样，我手写我心，他几十年如一日地按照自己的诗歌准则打磨音节与词语，不事声张地生活在自己的诗歌领地上。其实，他的一生和诗歌写作都在回应着荷尔德林的呼唤：诗意地栖居。或者用他的话来说，用诗歌来欺骗死亡。

荷尔德林还说：写诗是“最清白无邪的事业”[①]。安德拉德倾其一生来经营这样的事业，他说“我所生活的一切都是为了得到一句诗”[②]。他得到了，不仅仅是一句。

六

这本题为《在水中热爱火焰》的安德拉德诗歌选集收入了*2004*年黄礼孩出版的《安德拉德诗选》中的诗作，并根据埃乌热尼奥·德·安德拉德基金会*2000*年出版的诗人作品全集《诗歌》进行了补充。可以说《手与果实》《阳光质》《阴影的重量》和《白色上的白色》都是长诗，而《新生》虽然分为三个部分，也可以说是一首长诗，因为这本书是作者写给他的义子米格尔的，他是这本诗集的背景和主角。《东方札记》是诗人*1990*年访问澳门之后写下的文字，因为与澳门有关也特意收进本书。其他诗作则选自诗人在不同时期出版的诗集。

说到诗歌翻译，人们总会引用弗罗斯特的这句话：“诗就是经过翻译而丧失的东西。”这句话似乎否定了诗歌翻译的可能性，但也暗示着译者必须“另辟蹊径”，为读者创

---

① 海德格尔《荷尔德林诗的阐释》第 38 页。

② Visão 杂志，同上。

造出被称为“诗”的东西。“翻译并不是曾经被认定的用一个同义词去对等于外语里的那个词，它是写作——作为翻译的写作，是用一种语言去说出”[①]。许多经院派的“忠实”译本之所以没有被读者广泛接受，其原因还是缺少“诗”，甚至不再是“诗”。翻译诗歌，译者必须对诗的语言表现出敏感，他所塑造的诗人，不应是在译文中彻底死亡的人，而是要考虑如何使作者“像一个诗人”继续在译文中生存，而不是急于宣判他的死亡和自己的“诞生”。一首成功的翻译诗歌，应该是作者、译者、读者三位一体达成的一个“心有灵犀一点通”的契约，但这样的契约并不多见。诗歌是体现语言微妙的艺术，最大限度地体现了使用语言的人的表现力、个性和风格，它是不透明的，很多时候是抵制翻译的。

译者与其说是在用一种语言翻译一个诗人，不如说他是在塑造另一个诗人。对读者来说，他并不关心这首诗原来是什么模样，他关心的是“此刻”，即他在阅读时是否感受到了“诗”的存在。因此诗歌翻译会强调译者对诗意的敏感和再创造的能力，但并非每一个译者可以“再创造”，一个不怎么写诗的译家如何像庞德那样去创造？一个三流诗人会不会把一流诗人的作品“创造”成陈词滥调？因此，

① 陈东东《杜鹃侵巢的仪式》，见《读书》杂志，2001年第9期，第119页。

所谓“创造”，还是慎重为妙。译者更应该做的是，在翻译过程中如何去“因地制宜”，从而保证一首诗经过翻译之后还是一首诗。陈词滥调包围着我们，它们总是比我们更有生命力，而一首好诗遇到好的翻译，才会比陈词滥调更加长寿。

当然，译者绝不是唯唯诺诺的奴仆，也不是假传圣旨的太监，他在两种语言中拧成的钢索上行走，时刻都要保持平衡，以求尽量完美地抵达终点。辽阔的空间充满了自由，但他被限制在钢索上行走。一方面，译者要尊重并服从语言的限定性，同时也要放眼语言的开放性。这种开放性给了译者有限的自由，让他去发挥自己的主观能动性，而每个译者由于性格、学识、审美趣味，甚至翻译那一刻的心理时间的差异都在翻译中留下自己主观的印记。

*2004*年，黄礼孩主编的《诗歌与人》杂志推出我翻译的《安德拉德诗选》后，在诗歌界产生了很大的反响，曾出现过一股“安德拉德热”，许多读者纷纷来信表示，对这位迟来的诗人有相识恨晚之感，但由于种种原因，安德拉德的诗歌一直未得到正式出版。*2014*年*5*月湖南文艺出版社决定恢复“诗苑译林”的出版，为此成立“诗苑译林”的编委会，并把安德拉德的诗选列入该丛书的出版计划，从而使得安德拉德诗歌可以与更广大的读者相遇，因此要借此机会谨向湖南文艺出版社原社长、中南出版传媒集团

总编辑刘清华先生，以及为本书的编辑和出版付出辛勤劳动的所有人表示衷心的感谢！

姚　风

埃乌热尼奥·德·安德拉德诗选

歌

我的桌子上有一朵康乃馨，
　　走来一个青年，向我要这朵花儿
　　——妈，我要不要给他？

我坐着绣一条手帕；
　　走来一个青年，向我要这条手帕
　　——妈，我要不要给他？

我把花儿和手帕给了他
　　只是没有给我的心；
　　如果他来要我的心
　　——妈，我要不要给他？

夜色

夜，
年老的夜
走在路上。
月亮在天上
假装成盲人。
星星。有些
掉进了河里，
蛙与水
冻得发抖。

几乎无

爱情是一只鸟儿，
在一个孩子的手中发抖。
他把这当成词语，
因为他不知道，
最清纯的早晨
没有声音。

（选自诗人处女诗集《最初的诗》）

手与果实

1

只有你的手带来了果实。
只有手除掉眼睛
和白杨树的忧伤
这些树载着阴影，充满汁液。

只有它们才是
缀悬在我手指间的星辰。
——哦，我灵魂的手，
花向着我的秘密盛开。

2

你歌唱。而生活止歇。
就像一条河在歌唱：
你周围的一切都是你；
但当你停止歌唱

所有的寂静都是我。

3

当你在寂静中穿过叶丛，
一只飞鸟突然鼓起翅膀
在死亡中重生；
金色的麦穗都在翻滚
像是白日把它们吹拂，
泉水停下来，深沉而轻柔，
啜饮你的脸。

4

只有当希望死去时
我们才会像树一样。
只有此时，我们才会想起
十二月随身携带着春天。
只有此时，我们赤裸而美丽
慢慢等待春天的到来。

5

你的手指间诞生了地平线，
绿鸟癫狂地飞来饮水，
把它们视为清泉。

6

我没有歌唱只因我在梦中。
我歌唱只因你是真实的。
我歌唱你熟透的眸光，
你纯洁的微笑，
你动物般的纯真。

我歌唱只因我是人。
如果我不歌唱，我只是
一头健康的动物，
在你没有酒的葡萄园里，
快乐地沉醉。

我歌唱只因爱情使然。

只因草已在你动人的臂弯里成熟。
只因我的身体战栗不已
当看见你赤裸而流汗的手臂。

7 变形之夜

沉睡的孩子，哦，我的夜，
完美的夜，摇篮的夜，
沿着一片片叶子
夜改变了形状，
哦，黑夜，比泉更小的夜，
清晨纯净的幻觉
——你到了，
我也不知道你来自哪里。

今日，你来与我相会
笼罩着星辰的光晕
你高高挺立，丢掉了
抽泣、泪水和叫喊
——哦，我的夜，你这
流浪汉和断肠人的情人。

你来了，我的夜，

眼帘低垂；

在我们呼吸的空气中变得轻盈，

在街角变得清晰

——哦，比死更小的夜：

你张开手把我关进去，

我在你的手中书写我的诗句我的命运。

8

为你我创造了玫瑰。

为你我给玫瑰以芬芳。

为你我撕开了溪流。

为你我给石榴以火的颜色。

为你我把月亮升上天空。

为你我让松林变得如此青翠。

为你我让身体躺在地上，

像野兽一样打开自己。

9 牧歌

你已经有了名字，我不知道
是叫做清泉、微风，还是花朵，
但在我的诗里，我会把你叫做爱情。

10 绿色之神

每当夜色降临，
你便带来泉水的清甜。
你的身体恰如一条小溪，
顺流而下，
平静地拍打着两岸。

你如过客一般走过，
没有片刻停息。
从你的脚步下，
小草破土萌芽，
大树拔地而起。

你微笑着，像在翩翩起舞，

你以神明使用的节奏，
晃动着身躯，
浑身的树叶纷纷落地。

你沿着自己的路前行，
因为你是一位过路之神。
对周围的一切视而不见，
沉迷于一支短笛
吹奏出来的音符。

11

你会来的，眼睛看着地面，
踩着自己的春天的节拍，
你像鲜花或者野兽，
绽放或奔跑，在等你的人的手中。

12

如果你来找我，

我就在这里。黑夜收留我，
没有苦痛的阴影，
它知道我给予的一切。

你用我和月光来装饰自己。
我越是遍及于你，就越属于你。
然后，把我撒入忘记我的
那个人的目光里。

13

松林中的生活把你培育。
树液和炎热令你充盈。
你的身体在沙滩上扩展
在此大海拍岸，没有轮廓，没有色彩。

把你置于梦中，那里只有
玫瑰等待花开的寂静，
以及黑褐的双手攥住的秘诀，
它属于知道果实会结满枝头的那个人。

干涸的地方有水喷涌。

平静的地方住有孤独。

但可肯定，坟墓的坑洞

装不下一颗心。

14

当你把我呼唤

我便有一朵花的名字。

但你把我触摸

姑娘，我不知道我是水，

还是我已经穿过的果园。

15

梦一个接一个地坠落，

血哆嗦着。

梦坠落，并碎了一地

有人噬咬他们，并把他们遗忘。

白昼在厌倦汁液中成熟。

16

你的双手，满是牧草的颜色，
敞开着举起来，向某个
不知名字的神祈求一匹马的下落，
它像急流一样不可驯服；
飞鸟盘旋，啜饮你的呼喊
并在寒冷中战栗着失明。

17 致我生病的爱情

今天我偷走了花园里所有的玫瑰
空着双手来到你的面前。

18

多么湍急，你的身体是一条河

我的身体在其中淹没，
如果我倾听，我只听到你的涛声，
而我，最短促的音节也没有。

我画下的你一个个动作，
它们破浪而来，完整而纯洁，
因此，河流是我给你的名字。
河流上天空离我们更近。

19

土地：如果有一天你触摸
土地沉睡的身体，
那么在你安放寂静的地方，请放上绿叶，
并温柔地对待对你温柔的人。

把我的头发交给他的梦，
让我的手编织根须无尽的痛苦，
有一天这些根会渴饮你的身体。

20　一首叫星期日的小哀歌

星期日是一件小事情。
如此之小
以至于你的双眼就可完全把它装下。
你的手中
有群山，有河流，还有
白云。
但是玫瑰，
玫瑰在你的唇间。

今天，你的手上没有
群山，河流
也没白云
(至少你的手没有带来
群山，白云
以及河流……)
星期日只存在于我的眼睛里
而且很大。
群山迢迢，河流隐匿，
也不见
白云与玫瑰。

21

如果可以，我今天就给你戴上
玫瑰的皇冠，我选白玫瑰和绿叶，
它们年轻如你，如我的快乐。

大地上，诗句逐渐绽放，
我的心，没有玫瑰可以馈赠；
我的眼睛里水在上升，
合上眼帘吧，别再哭泣。

22

没有一个海螺唱出你的影像。
没有一个果园，
向着你怀中平静的死亡风景敞开。

只有一个孩子醒来，
咬噬着寂静，并为你的脚步
在白日的远离而哭泣。

23　给一棵开花的樱桃树

醒来，在四月的早晨
化为洁白的樱桃花；
树叶在根处燃烧，
以这种方式写诗，或者绽放。

张开手臂，在枝杈上采摘风，
阳光，或者任何东西；
感受时间，用一根根纤维
编织一颗樱桃的心。

24

我们是短暂的簇叶，里面睡着
阴影和孤寂的禽鸟。
我们只是簇叶和喧声。
并不安全，无法成为花朵，
甚至风也会惊扰我们，令我们颤抖。
因此，我们每做一个动作，
一只鸟儿就会变成另外的存在。

25

雪莱的城市没有天使，也不纯洁
我在这里，在这个广场等你，
这里没有温柔的鸽子，但有悲伤
以及不再喷涌的泉水。

我不会对你说起那些树，因为它们光秃秃的；
那些房子也不值一提，因为它们已经被钟表、月亮
和徒劳等待的眼睛
磨损得百孔千疮。

我可以说说我自己
但我不知道如何以你认为最自然的声音
说起这个故事。

我只是知道，我在这里度过了整个下午
琢磨着这些诗句，而夜晚
一定会把你带来，让我们单独在一起。

26 夜晚

蛙鸣一合唱
在夜的心怀
——这是池塘和朽船的诗
间或有月光闪烁。

27 石头天使

你张开双眼但什么也没有看见。
有人用相思塑造了你的身体，但他不知道
五月和阳光也曾把你触摸。

在你停止一切的地方你停止了动作：
在未知万物的门槛
——你变得聋哑，双眼失明
直至一切在你的本性中变得沉重。

28

今天我要躺在我的孤独身边。
他的躯体完美，线条优雅，
与我的身体合二为一，我感觉
我的心在他的身体中跳动。

他是褐色的，有石头和月亮的形状。
在我的身体内有些物质在燃烧：
成熟的白色词语，或者
失去那个把我失去的人的恐惧。

今天我要躺在我的孤独身边，
漫漫地痛饮地平线。
我长时间地伫立，直到感觉
我的血液变成清泉喷溅。

29

你是希望，是黎明。
你在九月的午后诞生，

此时阳光金黄，完美无比，
在一张幽暗紧闭的嘴里，
有一眼清泉在寂静中生长。

我为你创造了没有意义的词语，
制造了雾霭和密布的湖泊，
我向空中举起双臂，与追随你的
阳光相遇。

你是希望，在此我留下
我一钱不值的诗句。
你是我的希望，在此我的眼睛
深深地饮着，就像饮着黎明。

30

这条我吟歌的河，要把我带到哪里去？
我曾用孤独和失意打湿的这双眼睛里的希望，
要把我带到哪里去？这对我来说并非易事。

我不要你把我引向

黑夜更辽阔更完整的寂静，
在那里悲伤的天使
度量最隐秘最反面的时间手语。

请把我留在尝尽苦涩的土地上，
就像留下狂野果实的心，
就像留下令人深深失望的祖国，
但也要留下梦、哭泣，还有癫狂。

歌，已经逸出我如此的书写，
并撕破萦绕我的阴影。
在溢满的生命中闪现出另一张面孔：
我将迷失于这个面孔。

31

时间，无尽的时间，
沉重，深邃。
我等你
直到万籁俱寂。

直到一块石头碎裂，
开花。
直到一只鸟飞出我的歌喉，
消失于寂寥。

32

你的双眼丰盈得充满诺言
它们走了，夜关上了门。
唱什么歌才对我有意义？什么词语
才可以把夜的门打开，向着最纯洁的清晨？

33

你的人生是一个悲伤的故事。
我的故事和你的一样。
被缚的双手，被缚的心，
我们用阴影填满同一条大街。

我们的房子用雪取暖。
我们的节日是月光结束的地方。

每一句诗都在我们的身上腐烂，
每一个花园都对我们封锁了入口。

34

我们经历万物却视而不见，
消耗如老去的动物；
有人呼唤，我们却不回应
有人求爱，我们却无激情：
我们就像阴影的果实，没有味道
我们掉在地上，任意腐烂。

35

死亡在每一个果实中成熟
留下一颗处女的种子，
作为完整的遗产，
每当风吹掉她的衣衫，她就战栗。

（《手与果实》，1948 年）

忠告

耐心一些；等待

一阵应时的风吹过

词语像一枚果实成熟

并脱落在手中。

没有钱的情侣

他们望着过路的行人
心怀神话和传奇
还有寒霜冷雨。
他们拥有花园，在此
月亮和水挽着手散步
石头的天使亲如弟兄。

他们和所有的人一样
每日的奇迹
沿着屋顶滑动；
金色的眼睛
燃烧着
最为缥缈的幻梦。

像野兽一样
他们感到了饥饿和干渴，
他们的脚步
激起一片沉寂。

但他们每做一个手势

就有一只鸟从手指间飞出

炫目地冲向寥廓的天空。

手

这双手，多么无用的悲伤
甚至不是
可以相赠的花朵：
绽放仅仅是离别，
凋谢是巨大的眼帘，
满载睡意。

再见

一路上我们说尽了千言万语，我的爱人。
我们所剩下的一切
不足驱散四壁的严寒。
我们耗尽所有，只剩下沉默。
我们锈蚀了眼睛，用尽泪水中的盐，
我们磨损了双手，只因紧紧相握。
我们荒废了时钟，让街角的石头
无望地等待。

我把手插进衣袋，却一无所获。
以前我们富有得互相给予；
好像我们拥有世间的一切：
越是给你，给你的就越多。

有时你说：你的眼睛是绿色的鱼
我确信无疑。
我相信，
只因和你在一起
万物才举手可及。

然而，这发生在时间充满秘密的时候
那时你的身体是一个水族馆，
那时我的眼睛
真的是绿色的鱼。
今天，我的眼睛只是我的眼睛。
一如常人，
不该这样，但事实如此。

我们已经耗尽千言万语。
当我对你说：亲爱的，
不会再发生任何事情。
但在语言枯竭之前
我确信
于我心灵的寂静
万物因呢喃你的名字
而战栗不已

我们再没有什么互相给予
你的干渴

不再向我索求一杯清水。

过去于事无补，就像一块破布。

我已对你说过：千言万语已经说尽。

再见吧！

（选自《没有钱的情侣》，1950 年）

禁语

船在，你的脸也在，
它依偎着船头。
这些船在城市漂流，漫无目的，
在风中启程，在河中归来。

在时间起始的白色沙滩上，
一个孩子走过，背对着大海。
天黑了。天真的黑了。
必须出发，必须留下。

医院被灰烬覆盖。
阴影的波浪在街角碎溅。
我爱你……山峦的第一缕光
从窗前涌入。

我寄给你词语是被禁止的，
亲爱的，甚至被旷野的光亮禁止；
如果一些词回返，在最清晰的笔画处
已经认不出你的名字

令我痛苦，这水，这我呼吸的空气，
令我痛苦，这些黑暗石头的孤独，
令我痛苦，这些黑夜的手，我用它们
握紧在我的腰间破碎的白日。

而黑夜在恋爱中生长。在它赤裸的边缘，
每个人只能看见被轰炸的城市。

我把你寻找

我寻找你突然而来的柔情，
寻找你的眼睛或者初升的太阳，
它和世界一样巨大，
寻找任何刀剑都没有见过的血液，
寻找甜蜜的呼吸居住的空气，
寻找森林中的一只鸟，
它的形状是一声快乐的鸣叫。

哦，大地的抚爱，
终止的青春，
在草地的阳光和伸展的身体之间
水的声音逃逸了。

我寻找你：果实、云彩或者音乐。
我呼唤你，你的名字照耀着
最简单的事物：
面包和水，
床和桌子，

温顺的小动物，
我要求，我的歌声和五月的清晨
抵达这里。

当我仰着洒满阳光的脸庞把你寻找
一只飞鸟和一艘船是同样的景物，
我知道它们并不一样，
但当我们相爱时，
当我们把一朵渴求露水的花抵在胸前时，
两者就没有什么不同。

当夏日把天空涂抹成蔚蓝，
大海被星辰侵占，
只长有手指和牙齿是多么的悲哀：
手指用来给孩子们裹尸，
牙齿用来啃啮孤独。

然而我把你寻找。
在死亡逼近之前，我把你寻找。
在街头，在船上，在床上我把你寻找。
用爱情和仇恨把你寻找。在阳光和风雨中我把你寻找。
无论白天黑夜，无论悲伤快乐，我把你寻找。

海，海和海

你问我，而我不知道
我同样不知道什么是海。

深夜里我反复读着一封来信
那夺眶而出的一滴泪水也许便是海。
你的牙齿，也许你的牙齿
那细微洁白的牙齿便是海，
一小片脆弱的海，
温柔明亮，
但没有音乐。

当一个又一个的波涛
在我的身上撞碎，
那显然是母亲在把我呼唤。
此时海便是抚爱，
在被打湿的光芒之中，
我青春的心儿醒来。

有时海是个白色的形象，

在礁石间熠熠闪光。
我不知海水是在凝望，
还是在透明的贝壳上，
把一个亲吻寻觅。

不，海不是晚香玉，不是百合花。
它是一位死去的少年，
他张开的嘴唇迎向浪花的嘴唇。
它是血，
一束光躲藏其间
为了与沙滩上的另一束光相恋。

一弯月牙坚持着，
坚持冉冉升起，拉开夜幕。
母亲的头发松开了，
在水中漂摆，
正是来自我心中的微风
把它梳整。
海再次变小，归我所有，

完美的银莲花绽放在我的手指间。

我同样不知道什么是海，
赤脚站在沙滩上，
急切地等待黎明的到来。

（以上选自《禁词》，1951 年）

栖居的心

这是一双手
是地球上最美丽的符号。
天使由此诞生：
它们清新明亮，宛如晨露，
内心快乐而充实。

我的嘴唇抚摩着这双手，
我呼吸血液，纯洁的喧响，
我由衷地温暖它们，世界的这双手
被我的手收留。

有人以为这是上帝之手
——我却以为属于凡人，
它们是颠簸的船队，水、
悲伤和四季
漠然地涌进船舱。

不要触摸：它们是爱情和仁慈。
它们散发着忍冬草的芳香。

它们是第一个男人，是第一个女人。

黎明升起。

和你在一起

我在金色的清晨醒来
在大海和你的脸庞之间。

手抚摸阳光
延长短促的时光。

在大海和你的脸庞之间
没有人想成为雪。

没有人想成为
荒凉之夜的毒药。

你的声音如同新婚，洁白温柔
把我唤醒。

只是一个身体

呼吸。一个躺下的
可以触摸的身体，呼吸。
一个赤裸圣洁的身体
呼吸，起伏，不知倦意。

我爱意盈怀，触摸诸神留下的事物。
负载沉重希望的双手
追随胸脯的起伏，
并且战栗。

一条心河在等待。
等待一道闪电，
一束阳光，
或者另一个身体。

如果我贴着裸体倾听，
就会听到一支乐曲袅袅飘起，
从血液中起飞
延宕另一支乐曲。

一个全新的身体诞生，

诞生于这支不会停止的乐曲，

诞生于阳光嗡嗡作响的树林，

诞生于我袒露的身体之下。

急需

急需爱情。
急需海上有一只船。

急需消灭某些词汇：
仇恨，孤独，残忍，
一些悲叹，
无数刀剑。

急需创造快乐，
成倍地种植亲吻和庄稼，
急需发现玫瑰、河流，
还有灿烂的晨曦。

沉默压在肩头，玷污的阳光
也会令人疼痛。
急需爱情，
急需生存。

面对

你们无法反对爱情，
无法反对树叶的颜色，
无法反对浪花的抚摸。
无法反对阳光，你们不能。

你们可以给我们死亡，
这最渺小的事物，这，你们可以
——但仅此而已。

画像

沉睡的老虎，
白日的心。
被播种的面孔
长满忧伤。

透明的黑夜，
漆黑的春天。
影子腰缠着
大海与浪花。

沉睡的老虎，
白日的心。
快乐的大火
纯粹而猛烈。

为死去的年轻海员撰写的墓志铭

有人问起你，我听到了
大海的神秘喧声。

有人问起你，我看到了
大海的蓝色身影。

有人问起你，我回答说：
他醒了，穿一袭白衣。

歌

你是雪。
被抚爱的白雪。
泪水和茉莉
在黎明的门槛。

你是水。
吻你，你就是海水
高塔，灵魂，航船，
一声道别，没有开始，没有终结。

你是果实
在我的手指间颤动。
我们可以歌唱，
或者飞翔，我们可以死亡。

然而，五月
背诵的名字，
没有给我留下
色彩和芳香。

（选自《明天再见》，1956年）

眼泪

你从眼睛里向着我
滴落，浑圆的美
接近果实或明月，
抑或告别的码头。
你径直滴落，
回归至白昼
至纯净的水，
如挺立的白百合，
如阴郁的食粮，
或是忧伤的
须臾之家。
眼泪，你只是眼泪。

词语

词语
如同一块水晶。
有些词语，是一把匕首，
是一场大火。
有些词语
仅是露珠而已。

它们悄悄而来，满载记忆。
险象环生地航行：
是船或者亲吻，
波翻浪涌。

无人护佑，它们天真，
轻盈。
是光的织锦，
夜的幕帐。
即使苍白
也让人想起碧绿的天堂。

谁在倾听它们？谁会
把残酷破碎的它们
收进纯洁的贝壳？

九月悲歌

我不知道你如何而来，
但一定有一条路
让你自死亡归来。

你坐在花园，
充满柔情的双手放在胸前，
目光停留在九月漫长恬静的白昼
残留的玫瑰。

什么乐曲使你聚精会神，
竟然察觉不到我的存在？
是森林，河流，还是大海？
或是在你的内心
万物依然歌唱？

我想与你交谈，
只对你说我就在你的身边，
但我又害怕，
害怕所有的乐曲就此中止。

害怕你不能再把玫瑰凝视，
害怕你扯断丝线
不再编织没有记忆的时日。

用什么样的话语，
或亲吻或泪水，
让死者醒来又不被伤害，
不把他们带回
阴影笼罩，身体仅仅重复身体的
黑色浮世中来?

你还是坐在那里吧，
柔情盈怀，
凝视着玫瑰，
如此专注，
竟没有察觉我的到来。

（选自《白昼的心》，1958）

九月的海

一切都明亮清湛：
嘴唇，天空，海滩。
大海近在咫尺，
浪花汹涌飞溅。
身躯或是海涛
来去往返，
甜蜜，轻柔——只有
灵魂和洁白。
幸福时歌唱，
恬静时安眠，
醒来时爱恋，
把幽静咏赞。
一切都明亮清湛，
正值青春，身手矫健，
大海近在咫尺，
纯洁无比，金光闪闪。

颂诗

此时
你裸露身体的地方
是夏天：
一切在收留
并抚摸
你的身体
属于贝壳湿润的
那一部分。

写在拉加沙滩上的诗

我倚着你的肩头呼吸。
高昂狭长的船
格外美丽。
多么幸福，你的脸贴着我的脸，
照在你胸前的阳光多么灿烂！

我倚着你的肩头呼吸。
夏日金黄的沙滩
格外美丽。
多么幸福，我的脸贴着你的脸，
你手中的大海多么湛蓝！

（选自《九月的大海》，1961 年）

静物

1

红莓选择了亚麻的洁白
用清晨的血去爱。

2

清晨溢满光亮与甜美
把纯洁的脸俯向苹果。

3

橙子中，太阳和月亮
携手同眠。

4

每一串葡萄都会背诵
夏季每一天的名字。

5

走进石榴，我热爱
在火焰的心中休憩。

死亡的时间

现在是夏天，我知道。
刀刃的时间，丢失
戒指的时间，
蛇干渴的时间。
那些船，让人望眼欲穿
这是死亡的时间。

这是夏天，我再说一次。
你坐在平台上
我所有的河向你奔流。
你沿着镜子走来：
你呼吸困难。
我看到你，你已经不知道呼吸。

你向着天竺葵
慢慢倾身。
梦游的水，或
被砍断的树木喧哗，
你让我饮下

如此炽热的时间。

你的手放在我的脸上，
然后启程
对我一言不发，
你只想在我身上
惊醒火或者露珠的爱好。

你慢慢离去，不再回返
沿着镜子，走进燃烧的黑夜。

大地的书写

1

你就做这个词吧，
白玫瑰，野玫瑰。

2

只有心愿属于清晨。

3

节省心灵，即是
允许死神
戴上快乐的王冠。

4

这样死去：
在水中勇敢地热爱

火焰

5

饮尽你的干渴，然后启程
——我属于如此的遥远。

6

从火到剑，
道路是孤独的。

7

既然你们没有把属于我的
给我，
还要我怎么样呢？

惜别

在忧愁
最高的杆头
把白昼所有的金光
摘取。

（选自《永恒定律》，1964）

水晶

1

我用词语去爱。

2

只有当风儿吹过
你才摇曳，如一朵玫瑰。

3

你裸着
如一颗露珠
打开清晨的贝壳。

4

爱

如河水漫过最后的石阶
扑向你的睡床。

5

背负如此明媚的阳光
我们如何绽放？

6

我是过客：
我爱蜉蝣。

7

我死去的地方
还会是清晨吗？

（选自《永恒定律》，1964）

在词语中

我在词语中呼吸土地，
在词语的脊背上
我呼吸一块新挖出的石灰石；

我呼吸一泓溪水
它潆洄于臂膀
或者臀部之间；

我呼吸新生的太阳
它在词语中
匍匐
以野兽那样的徐缓。

动物

我从远处望着我那些温顺的动物。
它们体型高大，鬃毛在燃烧。
它们奔跑着去寻找水源，
在折断的灯芯草中嗅闻一抹紫红。

它们慢慢啜饮自己的倒影，
不时抬起头。
它们侧身注目，好像十分惬意，
因空气这般清透。

它们把鼻子俯向你身体的周围，
那里的草丛最为凌乱，
它们像是晒太阳的人
悠然地呼吸，安静而自然。

航行的艺术

你看，突然间
夏天如何
变成你胸中的大海，

黑夜如何变成船，

我的手，如何变成海员。

（选自《阴暗的统治》，1971）

达维拉[1]**，** *1944*

女人们坐在黑夜的门口

最年轻的那些笑着

牙齿是她们的王冠

当听到士兵的脚步， 她们也会颤抖

孩子们在石灰墙上涂抹， 喊叫

他们朝着死亡生长，带着清澈的大眼睛

或者失明的树枝

---

① 达维拉（**Tanira**）葡萄牙南部城市，这里曾设有重要的兵营，向葡属殖民地派遣士兵。

雨中的家

雨，雨又落在橄榄树上。
我不知道这个下午为何又下雨了
既然我的母亲已经远去，
不再走到露台上看雨，
不再从缝纫中抬起眼睛
问我：听见了吗？
我听见了，母亲，又在下雨，
雨滴落在你的脸上。

在纽约机场

你在我没有接受的请柬上
看到了我，一个快乐的承诺
掉进不太疲惫的眼睛里，
不过我很快瞥见清晨的旷野上，
三叶草结满了露珠。

里斯本

雾笼罩着城市，这里有河流、
从昨天飞来的海鸥、船只以及匆匆赶路
或者虚掷时光的人群，
里斯本从雾霭中开始明亮，
玫瑰和柠檬的光影在特茹河上交织，
我心如止水，只想拾阶而下。

（选自《大地走笔》，1974 年）

佩尼谢[①]

风

风

风吹个不停

我的国家只有风

白色的风

绿色的风黑色的风

燃烧着

把眼泪烧干

把声音连根拔掉。

---

① 佩尼谢 (Peniche)，葡萄牙中西部海滨城市，除建有在葡萄牙不同历史时期都发挥过重要作用的城堡外，还建有关押政治犯的监狱，萨拉查独裁时期很多重要的公众人物都曾被囚禁于此。

柏林

寂静的黑暗
有一个裂口，
一个缝隙：

听得见士兵们
冲着墙
滋尿的声音。

（选自《大地的书写》，1974 年）

献给切·格瓦拉的黑水河挽歌

你的心被沉寂捆绑，但爱
依然充满重量，你侧卧而眠，
但人人都知道，你在倾听
我们痛苦的黑河流淌。

苍白的声音在草原上寻找
最无羁的马驹，在湖水上寻找
最挺拔的棕榈树，也许是船，
或者寻找沾满快乐的蜜糖。

被恐惧闭合的眼睛
在黑夜中期待午间的太阳，
——最灿烂的脸庞，你在此生长
向着夏日血液的枝条蔓延，
或化为赤脚的雨踏沙的声响。

词语，如你所说， 从森林里
湿润着走来，我们必须把它
播种；从大地中湿润着走来，

我们应该把它保卫；和燕子一起到来，
燕子用尖喙啜饮它的一个个音节。

你的每一个词语都是站起来的男人；
你的每一个词语都把露珠打成了匕首，
把仇恨酿成了无邪的美酒，
为了让我们走进心中，围着炉火，
与你共饮。

致蒙特罗[1]兼作墓志铭

疼痛的不是一株白杨树。
不是雪，也不是
在山上腐烂的快乐之根。
疼痛是

不会停止跳动的脉搏
依旧闪现的光芒，
疼痛不是音乐，它带来
一声叹息，或者一艘船。

疼痛是知道这一切。
疼痛是祖国，她在我们死去之前
把我们分离，把我们杀害。

1972 年 9 月

---

① 蒙特罗（Adoefo lasais Monteiro, 1908-1972）葡萄牙小说家、诗人。

可能的墓志铭

那个人知道。
他很肯定。
我是不朽的，他说。

我一无所有
我以整个身体
爱过我要爱的。

啊，快些掩埋我。
大地已足够。
或者泥沼。

（选自《献诗以及墓志铭》，1974 年）

阳光质

1

你可以让手学习
另一种艺术：
如何穿过玻璃；

你可以让手学习
挖掘土地，
这里有你窒息的一个个音节；

或者让手学习为水，
在水中凝视星辰，
久了，它们自会坠入心怀。

2

白色的墙
突然

黑夜降临在白色的墙上。

一匹马走近寂静，
一块冰冷的石头，
一块因睡意而失明的石头
压在唇间。

我爱你，如果你此刻奔来，
把脸贴在
我如此纯洁如此迷茫的脸上。
哦，生活。

3

黑暗中
有
一个词。
小写的词。无人知晓的词。

我锤打黑暗。
我锤打

水的路面。

自时间深处，
我锤打。
我锤打墙壁。

一个词，
在黑暗中。
在黑暗中把我呼唤。

4

这轮太阳，不知我是否已经提及，
它是我童年的
全部海洋。

犹如高高升起的黎明，
海的头发在燃烧，
而我梦着另一片嘴唇。

在唇间，我学习成为水。

5

你当然渴求，渴求这些身体，
在身体中，时间
尚未把犄角深深地埋葬——这渴求难道不是
太阳的密友吗？
你渴求这些身体，好像每一个身体
都是最后的身体，都是你的身体，
用来相爱的最后的身体。

6

午后的野兽抖了抖鬃毛，
孩子们在镜子里延宕，
一个朋友开始在夏天
隐秘地脱掉阳光。

7

你通过气味认知夏天，

认知

墙的古老寂静，蝉的疯唱，

你带来酸味的直射阳光，

孩子酣睡的短暂阴影，

以及洒在肩胛上的辉光。

肌肤上的太阳，令你迷失视线。

8

微笑。

以绽开的微笑

阻止墙壁。

如同野草，

微笑

十分古老。

它在野草中绽开

它越过高墙

它在路上蔓延。

是谁把它连根拔出

带在身上？

9

又一次，院子装上晨光的玻璃。

你出现了，说：我看见一艘船。

此时，一个陶土的哨子从另外的嘴唇

抵达我的嘴唇。

我走在变成飞鸟的途中。

10

清晨静止。

蓝。

眼瞳深处。

还不口渴，

也不发热，

也没有声响。

躯干赤裸——
光线摇曳。

11

是在下雨的时候，是在我缓缓凝视的时候
你的身体在闪光。
描述它的嘴很笨拙，
手也需要看到它的光芒，不仅把它变成音乐
也把它变成家。
所有的词语都在讲述火焰，
它们熟知这湿漉漉的光。

12

触摸你的肌肤，
敞开的脉搏
迎向眸光的锋刃。

希望这是

家，是
初始的星辰。

绚丽的玫瑰，
空气的嘴唇。

13

你拥有我在此，与太阳心有默契，
在这场燃至灰烬的身体大火中：
双手在飞翔中变得十分贪婪，
嘴在你的胸脯上忘记了
老去，但还不忘拒绝。

14

阳光，
南方徐缓的
微尘，

空气的石头
清晰地被吸噬，

太阳的微尘
洁白，赤裸
如此古老，
栖息
在我的眼瞳。

依然如此。

15

你用以呼吸的是你的眼睛，
没有皱褶的蓝色太阳，
爱抚的第一掬水。

嘴唇有船的气息！——
有时，这被称作青春，
被称作血液沸腾的星辰。

大地背向黑夜，燃烧的时候
就像是一条河。

16

你伫立的地方
眸光开始疼痛，我又认识了八月
慵懒的喧哗，大海的红彤彤。

对我说一说吧：蝉，沙子的风格，
赤裸的脚，
还有空气的微尘。

17

很容易找到我的友人们，
在有海的地方，我见到他们
眼睛缓慢地绽放，
词语艰难地经营，
膝盖上是夏天的身体。

18

我热爱这些地方，
在此太阳
任人悄悄地抚爱。
在此嘴唇轻轻地掠过，
双手无邪地奔跑，
而寂静炙热。

我爱过，像有人劈开过石头
像有人迷恋于
天空自由地绽放花朵。

19

手，被许诺的土地
越来越远，只有手
还熟悉道路。

一个身体不是悲伤的家园，

我总是坐在
夏日石头的门槛上。

哦，石头石头——快乐的石头。
恼怒的石头。

20

触摸一个身体
和空气
以及雪的言语。

触摸青草
注定死去的青草
五个夜晚的绿
以及大海。

一个赤裸的身体。
而海滩
受到艳阳与眸光的鞭打。

21

现在，是她们拥有你的脸庞，
还有词语；不仅仅是脸庞：
性爱，战栗的销魂
总是感到它是警醒的。
没有词语，我们什么都不是；
她们的侧影，你看到
如何在你的身上映射出
属于青春的事物，以及同样的微笑，
它不显得有多疲惫
而行走也不显得有多缓慢。

22

留在这里令我快乐，说说树木，
说起它们，就像说起
另一个时辰的雪。

眺望窗外，看见水上的高塔

那童年或疯狂的流水，
再没有比这更

更纯净的水了，而且离大地的心脉
如此接近——说起它们，就像说起
另一个时辰的雪。

23

这个国家是一个愤怒的身体，
雾的光亮紧贴胸膛，
炽热缠绕腰间。

我对你谈起的国家属于我，
我没有另外的祖国用来点燃火焰
或同你一起采摘黎明的紫霞。

我没有另外的祖国，但我并不介意，
这个国家已足够让我与乌鸦
一起分享，并且绰绰有余，我们是朋友。

24

这是你所希望的，通过一道窄门
涌进气流，友人那
渺无踪迹的声音，

纤尘白色的小脚越过门槛，
还有水的尖喙，玻璃的清晨。

25

你静默无语，光在你的唇间燃烧，
而爱情没有旁观，爱情总是
在黑暗中寻觅、摸索，
这是你的腿吗？这是你的胳膊吗？
我向你攀援，沿着一根根枝条，
我和你嘴对嘴呼吸，
灵魂向你的口舌敞开，如果你要我死，
我会死去，睡吧，
爱情从来都不容易，从来都不，
大地也会死去。

26

然而，如何让这张嘴，
这轮太阳
延宕到最后一寸时光？

必须热爱
耐心的它，高昂的它，
火焰在此歌唱。

热爱它。直到最后。
直到翩然起舞。

27

摇摆不定的手指迷失了路，
大海迢迢，声音破碎着消逝，
要死去，为时尚早。

不要质疑：我曾是这棵树，
曾是只许诺给鸟儿的欢乐。

28

我们裸身睡去
在果实的核里。

这是我们的所有：睡眠，
枯水期突然
结束了。

苦涩。

湿润中，有人追溯
源头——我想起来了。
想起了嘴唇。

29

你从哪里来？
从哪张面孔？从哪颗星星？

只有一颗星星在风中燃烧。

其余的，我谛听它们
从石间流淌。

只有一颗星星在寂静中闪耀。
其余的，咬嚼着
人的心。

人，只许诺给大地。

30

我手搭凉棚，为了看看
你是否仍在废墟上，
我把全部手指伸入太阳，
它们湿着从疲惫的水中回来——
身体迷失在时光当中。

31

我目睹这些墙垣向着河流

倾圮——九月的河水平静，
流淌不息。

我告别簇叶，
同时准备抛离
城市和她的魂灵们。

我见过那些墙垣。
它们厚实，粗犷，冰冷。
当我把它们凝视，它们坍塌。

32

是它们，是星辰令我疼痛，
好像我筑屋在云端。
星辰令我疼痛，当它们坠落
便在水的门前燃烧。
仿佛我是它们其中的一颗。

33

我现在住在孩子们的眼睛里
拥有光把他们看得清晰，
蓝色逼近瞳孔。

在这个广场，我会想起另一个
更古老的广场，群鸽飞来，
啜饮我双手的孤寂。

那么我们会说，一阵突然袭来的芳香
给我带来了太阳和蜜蜂，
或者我栖居的这些眼睛。

34

在此我倾听秋天的劳作：
蜜蜂的艺术，须臾的
绿色火焰。

如果这不是最终的干渴，

不是失去名字的祖国，

那么也是我的爱情。

我刚好看到，

白色的黏土绽放莞尔的微笑，

阳光在水的牙齿间

破碎。

35

如果河流的一只手臂，或者另一只

伸向黑暗，我并不感到惊奇。

这样的事情发生时，我们正坐在

公园的一张长椅上，

飞鸟掠过，飞向南方。

夜晚我谛听，察看，是否可以发现

一个征兆，一声兴奋的喧响

引来歌唱。

歌者是睡意的邮差。

36

六月的清晨，我将最后一次
出走。

出走，不知道路把我带向何方。

还有干渴。

37

秋天多情的乐器
还剩下了什么？我看见你咬噬悲伤，
那么苦，空气战栗。

在哪里愿望不会萌芽？
在哪里火不用火丈量？
如何诉说太阳的汁液？

嘴的汁液？甜橙的汁液？

你不要把比空气还轻盈的事物
叫作活的石头，
也不要把我的名字
告诉眸光最后的夕阳。

38

似乎他被赤裸地展示，
希望太阳剥去他的皮肤，
或者雨水洗涤那块斑痕，
它来自母腹的黑暗，来自
他的母亲和所有母亲的腹脏，
悄悄地洗涤直到炸裂，
成为身体上一朵绽放的花。

39

这些地方，

这些地方的空气
丢失了手，
我的朋友们开始死去。

交谈变得难以忍受。
谈论被灼伤的阳光。
荒凉的阳光。

以前如此接近音乐的
这张嘴，这目光
又该怎么办？

40

雨滴一个音节一个音节地
落在眼睛里，
如何睡去，
如何伴着雨睡去？

我永远不要你这样，
永远不：

所有的手指都失明了。

戴上浪花的王冠——
身体
应该这样做。
火焰亦然。

41

把目光变成准确的锋刃，
穿过腐朽的水，
在阴影的反面拼写
因古老的干渴而燃烧的脸庞。

42

你看如何死去，
慢慢死去，
在这个向腰际靠拢的冬天；

就像雨水渗进睡梦，
最苦涩的阴影
融入赤裸的土地；

或者白石灰冰冷的火焰
尚在延宕。

43

身体慢慢学习
认识土地。
以野草为师。

黑夜失去自己的船只，
人失去自己的面孔，
太阳失去了理由。

以野草为师。
了解土地。
匍匐于地上。

44

九月：在何处
安眠——或者头枕在傍晚的地上
燃烧的簇叶。

目光，这漂泊而狭小的家，
已经荒废，
又该如何启程？

这是我们唯一的财产。

45

雨，是荒漠，是熄灭的火，
如何把这双手变成太阳的知音？

46

你看，我已经没有感觉到

我的手指已被欲望嚼噬，我触摸你的衬衣，
惊醒一颗纽扣，
猜想你的胸脯有麦粒那样的颜色，
有野鸽子一样的颜色，我这样说，
夏日临近结束，
风吹松林，预感雨在两侧滴落，
黑夜，很快就要到来，
我爱着爱情，这是病。

47

最终那些河流不仅仅是
四条，
我梦着它们流向喉咙。

我不知道它们是睡着了还是忘记了
它们的名字——
没有一条醒着。

醒着的是我，
太阳饱受折磨的树枝。

48

现在你用你的方式走出场景，

把干瘪的太阳

抛给蛇与仙人掌。

没有喧嚣，也不迟疑，

你摒弃

在稻草上徘徊的欲望。

你需要换换手，或者天气；

或者皮肤；

或者仅仅换一下粪坑。

49

我知道麦子在什么地方照亮了嘴。

我祈求这个理由把我掩盖，

用最脆弱的空气毛毯。

睡意就是这样，允许身体

这样离弃，在大地的胸前，

化为只承诺给水的快乐。

我说我曾在这里滞留，现在我离去，
走向炽白的太阳。

50

你用词语做什么？
这些元音中的蓝已被掩埋，
它们有什么用呢？

而辅音，在橙子的光泽
和骏马的太阳之间燃烧，
你能对它们说些什么呢？

当它们向你打听委托给你的
那些小写的种子，
你能对它们说些什么呢？

（《阳光质》，1980 年）

阴影的重量

1

我劳动，同空气
这脆弱苦涩的物质一起，
我会唱一首歌来欺骗死亡——
我这样漂泊，在通往大海的路上。

2

犹如叶子，飞鸟
在椴树清洗的空气中
依然歌唱：
一些星辰的光亮
将纷纷覆盖这些音节

3

年轻的是纸上的手，

或者说在土地上匍匐的手。

年轻而坚忍：当书写的时候，

当在太阳底下

编织抚摸的时候。

4

把一个词打造成一只船

这是我全部的劳作，

或者把亚麻花变成镜子，

脸庞的光

在此猛烈地溅落。

5

此时鸟儿回返，它们是

高高的枝头上

最接近天使的物质，

——我敢不敢触摸

把它们变成一首诗？

6

有如这眸光，延宕着手
制造我们快乐的事物
在太阳鲜活的腰间
闪烁。

7

你用七种颜色描画一个孩子，
一盏灯以及周围的光亮，
描画这目光，
荆棘的枝桠，一轮丝绸的太阳
为成为一朵鲜花而心焦，
黑夜为倾诉衷肠而不安。

8

手指嬉戏三月的阳光——
只要拥有太阳在心怀中入睡

身体上就没有死亡的地方。

9

此时空气在地上明亮地舞动——
似乎只有夏日平静的节奏
准备抵达沙丘，
一枚水的叶子清澈，
青草芳香，在此
双脚刚刚沾满六月清晨的翠色。

10

这个女子，你肩头上
甜蜜的忧愁，吟唱。
你的声音喃喃细语，
走进我的睡眠，
很古老的睡眠。
你带来酸酸的气味
属于我撩动阳光的童年。

轻盈的躯体仿佛是玻璃。

11

我的头上带来阿塔拉亚田野的鸫鸟
为了放飞在这首诗里——
风把我们留在门口
时而是一缕爬行的光，时而是运草车
细碎的吱吱声响，
暮色自高扬的树枝
降临在发丝上，
嘴唇贴着嘴唇，我们悠闲地生活。

12

即使最冰冷的
词语
也有根延伸至阳光——
延伸至清晨
或是海上的船。

13

我坐在我生命的初始，
夏天已经开始，橄榄树
斑驳的阴影向着赤裸的眸光
敞开。暮色已近，羊群扬起尘埃
遮掩住月亮。而牧人，
或许有一天和我一起登上山岗
大海将奔进眼底。

14

只要太阳攀援树木，
就不会延误
清晨最干净的奔跑，
干净得可以畅饮。

15

孩子们在燃烧。

而动物

也在慢慢地燃烧

在镜子深处。

从这里你可以看到这些孩子：

他们头发闪亮，互相撕咬。

16

有时我在十三四岁时醒来：

牧羊人的目光把我呼唤。

现在我悔恨曾拒绝

他的目光：我依然是个孤儿

逐渐走近我的老年。

17

打开的书遗忘在草地，

野桑葚咬噬太阳，

小伙子的声音润泽悠扬

阴影走下台阶。

18

我听见你，仿佛听见夏天到来，
你永无休止的手指饱含着水
沿着白日或者黑夜疾驰，
我听见这些声音，光的喧响
在黑暗中升腾，在玻璃上磕绊，
升高的早晨降落在沙子上，
咬噬着墙，疯狂地燃烧。

19

黑夜把你带到那里，
或许是和新生的绿叶一起到来，
声音含混，还不属于人类，
而胸膛，只为了更加明亮，
语言的家园狭小而清新。

20

依旧跟随这些符号，

一阵短暂笑声的犁痕，
黑刺李树的暗红太阳
或者勃起的性器，
皮肤上牙齿细碎的疯狂，
马儿奔腾。

21

牙齿是嘴的明亮。
阳光在舌头上蔓延，歌唱。
犹如一株植物，有无瑕的蓝色，
或者犹如野兽，缓慢地爬行。

22

你可以把你放心地交给我，
这些清晨小小的任务。
让云朵和炽燃的微尘
留在屋顶，
把忧伤的斧头放在桌子上。

在春雪呼唤我之前，
我的国家位于六月和九月之间。

23

我将创造白昼，和你一起，
和秋天一起在街上奔跑。
脚步溅起的阳光如此美妙，
绝不会死去，就像也不会死去的
看过你脱下衣裳的眸光。

24

你可以把我叫作天鹅，或者
掀掉面纱的阴影；你可以把我叫作
旋涡的围巾，
新婚之夜的触角。
我不过是俯向你身体上的
一束光，
来自太阳、血或者盐。

25

白日纯净，像教堂荒芜的庭院，
钟表停滞，
太阳沿着阶梯攀上目光——
只缺一只鸟儿在某个地方歌唱。

26

我曾穿越夏天去看你
安眠，瞳孔从另一个地方带来
麦子的太阳；有时阳光在疲惫的
手上滞留；我不知道我们之中
是谁突然爆发青春，或者歌唱：
更加清新的是空气。
在夏天歌唱的人渴望看到海洋。

27

我和黑夜一起在大街行走，

大街漫不经心，把我带进你的身体。

我不知道什么声音

与我眼中六月的清晨交织，

但是这些声音或者它们的阴影

割断了迈向希望的脚步。

雾突然包裹了城市，或者我，

我在雾中迷失。

28

应该有一个地方，让一只手臂

和另一只手臂比两只手臂更多，

叶子被雨咬亮，一阵灼热，

清晨近在咫尺，不留痕迹。

29

从这里几乎看到了夏天：

阳光在墙上痉挛，

麦子的旗杆准备启程，

在记忆的废墟，那些孩子
光着屁股歌唱，
一只蜜蜂也许被朦胧了，
这是面向大海的一天。

30

你说起太阳时，外面下雨。
当你用炙热的光擦亮每一个词，
你在向谁诉说？你在让谁的嘴
痛饮，呼吸雨夹草的香味？

31

灯亮着，
长寿花站在花瓶里，气味，
或者说以前，被黑夜带来的
春天的气息，在安提诺乌斯①的

① 传说是罗马帝国皇帝哈德良的情人。

死亡中打开的书，鸟的目录，
脉搏的喧响，近处的声音。

32

赤裸的身体，几乎变得陌生，
现在它已经沉睡。
柠檬树越过墙，花儿开放；
另一边，大海光滑、纯净：
似乎到了尽头。
在石头的王位上，火焰
沉眠。没有我的陪伴。

33

我已经不知道，我是在倾听你，
还是蝼蛄单调的歌声走进了家。
有一天我也会是单调的歌声，
身体解开绳索，犹如音乐解脱了弦。
空气是我的物质，我是空气。

34

如何知道目光
是用什么物质制造?
和嘴孪生的阳光
在这里结束了，
不过这样
可以更好地看见黄昏的泡沫。

35

慢慢行走：
大海从这边爬上心头。
现在走进家，
注意到静寂似乎是白色的。
很久了，没有人
驻足欣赏
夏天匆忙的乐器。
院子里的太阳还在

匍匐。白石灰在阴影中

歌唱，声音有了酸味。

36

九月

或者其他月份

适合一些小小的残酷：

阴影箍紧了自己的戒指。

你还要什么呢？

沙滩的风吹响的嘴唇？

几乎裸露的阳光？

抑或把整个身体

变成一个绕过冬天的地方？

37

你从那个国度归来？

是从哪个大海？

从哪个心愿缓缓呼吸的胸膛？

你说，你依然说出的词
会让寂静筑起家园，
或者在目光的高度，
举起火的王冠。

38

躯体正渐渐忘记理性：
你这样去反抗玻璃，
沿着肩胛
阴影疲惫的光芒坠落在地，
手握住一条水围巾的
蓝。或者更浅的蓝。

39

这个夏天我最后一次
走到窗前观看雪松；
你还睡着；黎明踏着远处
松鼠的叫声到来；

秋天的小路慢慢走近，
雾的围巾，
天空朦胧地贴着山峦。

40

抓住这把声音，
我不知道是谁的声音，是什么声音，
把它维持在离手很近的地方，
维持在最后的太阳与苹果
甜蜜多汁的光亮之间。

41

我挣脱睡意，我要做岸边的花，
在幸福的空气中
悠然地绽放，做燃烧的拳头，
被白石灰的热浪灼伤的光芒。

42

身体知道：从地面抵达蓝色，
你的劳动是燃烧。
身体依旧焦渴：血
是白色的布。在静寂的峰顶。
宛若既没有嘴唇，
也没有倾听静寂的耳朵。

43

我知道一块石头，在九月的
阴影下，我坐在石头上
说起了向日葵，
似乎和沙砾一样的向日葵
肩并肩地手挽着太阳。
把它孤独的沉重变成炽热，
把夏天不平凡的日子
变成光荣。

44

躯体并不总是像一片

树林，太阳并不总是

穿过玻璃，

雪中并不总是有一只乌鸫歌唱。

有一种方式的目光来自荒漠，

叶子上的风枯萎了，

是嘴唇，我说。

45

我忠于炎热，

我热爱这样的夏天，

它从远方来到我的手中死去，

而且我发誓当我把词写成

静寂的地址，

任何理由都已经消失。

46

一个橙子有苦涩的味道，

家在回归。大海把全身挤入

家门，他从南方来，气息怡人。

树已不存在，在它的位置上

坐着忧伤。

忧伤睁着阔大的眼睛，里面

风在奔跑，而他的手中有一个橙子。

是苦的。

47

这个冬天

在沙滩上流失，

这是你最美丽的微笑之一。

它和童年声音的泡沫一起

走进阳台。

而且很快和屋顶上的猫

一起出发。

48

我的树全部生长在眼睛里，
幸福明天开始，
目光仿佛被这些水，很少的水
穿越，来到诗中，
坐在门槛上。

49

我把清晨的事物留给米盖尔[①]——
阳光（如果还没有腐烂）
走在通往南方的路上，
荒凉的沙丘表层干净，
一句诗烧制着卵石的瓷器，
野兽般的炽热
来自裂开的石榴。

① 诗人的养子。

50

我要说的，只是迷失
通向岸边的路的恐惧。
雨在唇间洒落，雨下了很久，
扑向烤焦的阴影的石头。
太阳的路上有新婚的大地。

51

在废墟中，我看到这些房子：
被夏天所困，也几乎为夏天而死，
它们从白色的天空落入水中。
一阵童年的声音传自
庭院深处，仙人掌的干渴
在地上爬滚。

52

现在敲打睡意的名字
已经模糊或者被灰尘咬噬：

博乌阿、新堡、阿尔贝德利亚、
奥尔加、阿塔拉亚[①]，都是因焦渴
而干裂的名字，在这些名字里，
人的种子是悲伤的，甚至在闪光的时候。

53

你不要谛听这些
在通向冬天的路上不停地生长的声音，
四处流浪的身体
放弃的是身体，这样的地方
是致命的，你不要谛听这些声音，
里面的太阳在腐烂，不再升起。

54

让我惊奇的是，这些眼睛依旧存在，
这些被打湿的石头

① 均为葡萄牙城镇名称。

用了这么多时间去映射
疲劳的天空，
而不是去向雨学习
咬噬土地。

55

随着时间，河流将会走近，
还有群山，随着时间，
静寂最终会来到手上把你吞噬，
并在你的床上
筑巢。

56

你把音节放在音节上，以此度日，
睡吧，你太累了。
这些光不属于河流，
睡吧，已经没有河流。
秋天的院子里，

夜已经放出了狗，睡吧。

57

灰尘正慢慢烧焦我们的
声音；把赤裸的光
送进嘴边的兴趣
正在逃逸。
这里缺少的是水中的胸膛；
灰烬上的炽热。

58

你向着黑夜生长的地方面朝江河，
睡意正浓的房子任意漂流，
夕阳从手指间流走，
一只鸟被目光穿过，飞进瞳孔。

59

我倾听黑夜沿着脸上的犁沟
奔流——可以说这是在把我呼唤，
或者猛然把我抚摸，
我甚至还不知道
如何积攒静寂的音节，
在上面安眠。

60

再走进伊萨基[①]之前
我需要怎样的清晨？
嘴上满是沙子
还是丝绸？

（《阴影的重量》，1982年）

① 希腊岛屿，据说是荷马史诗中的人物奥德修斯的故乡。

白色上的白色[1]

① 据诗人解释，这句诗引自松尾芭蕉的俳句。

I

做一把钥匙，哪怕很小
也可以走进家门。
在甜美中赞许，对
梦和鸟的物质满怀同情。

祈求火焰、光亮
和身体两侧的音乐。
你不要说是石头，说是窗子
你不要像阴影一样。

说说男人，说说孩子，说说星辰。
在你重复的音节中
光芒快乐，不愿离去。

你又会说：男人，女人，孩子。
在此，美，青春无比。

II

这是一个朝南的地方，在此
激烈的白石灰
挑战目光。
你曾在此生活。有时在睡梦中

你仍在此生活。充满水的名字
从你的嘴中流淌。
沿着山羊的路，你走向
海滩，大海敲打着

那些岩石，那些音节。
在第一天或最后一天的
强光中
眼睛溺水消失。

这曾是完美。

III

雨落在灰尘上，就像落在
李白的诗中。在南方
白日有着又大又圆的眼睛；
在南方，麦浪翻滚，

它的鬃毛迎风舞动，
这是旗帜
在我的航船上招展；

在南方，土地有白色亚麻的气味，
有餐桌上面包的气味，
阳光金黄的热浪扑向水，
落在灰尘上，轻盈，炽热。

就像落在诗中。

IV

你让面颊依偎着忧伤，甚至不再
谛听夜莺的歌唱。或许是云雀？
你难以忍受空气，你忠实于母亲的土地，

也忠实于飞鸟消隐的蓝白色天空，
这两者把你分割。
音乐，我们这样称呼，
永远是你的伤口，但也是

沙丘上的癫狂。
你不要谛听夜莺。或者云雀。
在你的深处
所有的音乐就是一只飞鸟。

V

一个朋友，有时是沙漠，
有时是水。
让你摆脱八月嘈杂的
喧哗；一个躯体并不总是

隐秘的阳光脱掉衣衫的地方，
不是结满鸟儿的柠檬树，
也不是头发上的夏天；

在睡梦幽冥的叶子间，
闪烁着
湿漉漉的皮肤，
语言艰难地绽放。

真实是词语。

VI

白鹳[1]。

会给我带来教堂的庭院，还有两三间房子，

最好是白色的，

还有高塔，白鹳在此

徐徐飞落，那时候

我正值桑葚般的年华，

太阳在嘴上窒息，

你还记得吗？也许这是另一张嘴，

另一个理由的重量，我记不得了，

我用石头

赶跑了你害怕的狗，

又逃离你，

① 葡萄牙常见的禽鸟。民间传说是白鹳把婴儿带到了人世。

去悄悄拥抱我钟爱的
褐色小马。

VII

现在我住得更靠近太阳，朋友们
不知道来这里的路：这样真好，
不属于任何人，在高高的树枝上

成为一首不属于任何候鸟的歌，
在映现中映现，
与此同时
成为不经意的目光，

只有潮汐般的来来往往，
遗忘的炙热，
飞沫上的甜蜜尘埃，
仅此而已。

VIII

家中的阳台是奇妙的地方，
风从这里吹过。
我开始发现身体，我把
阳光认作知己。

时光在高墙上缓缓滞留，
这是夏天，在失眠中
我把所有的马送给大海：
当它们撞击海水，我发出惊恐的喊叫，

也许是爱情的喊叫，我懵懂不知。
生活就是用牙齿咬住一朵花成长，
就是学习呼吸，在每走一步

皮肤就在烈日下爆裂的危险中。

IX

沿着清晨的台阶
走向白杨树的绿叶，
做一颗星辰的兄弟，或者儿子，
也许是父亲，在阳光灿如丝绸的那一天，

不知道，我名字的水，
不知道目光秘密的婚礼，
不知道仙人掌和干渴的嘴唇，
也不知道

如何死去，为如此迟疑，
为如此渴望
做一朵火焰，这样燃烧着
飞过一颗颗星辰，

直到灰烬。

X

只有马，只有孩子
那样的大眼睛，那丝绸的灿亮
让我若有所失。
我想念的，不是

河流黑暗的声音，这我听得太多了，
也不是第一个新鲜的腰肢，
我的手曾把它触摸，
并品尝了爱情；

是那眸光
翻越一个又一个黑夜，
沿着一条小路从远方赶来
偷走我的睡眠，
并且挥霍我的心。

我的心，满是露水的阿连特茹[①]。

① 阿连特茹（**Alentejo**）：葡萄牙中南部地区，夏季气候炎热，以农业为主，盛产葡萄酒。

XI

当人们醒来，那里的一群燕子
拖曳着清晨在屋顶跳跃；
它们或许带着三月
赤裸的阳光：

醒来的人，会把自己的歌声
与如此微小的事物分离：
新生的叶子正在改变颜色，
已经消退的是

雨的滋味，蓟的骄傲，
少年危险的裸露，
还有在清晨，动物没有止境的
疼痛的坚挺。

燕子并不总是以这种方式飞来。
但它们就这样来了。
就这样来了。

XII

快了，三月的阳光
正在走到尽头。
它曾在那里行走，与每一块石头，
每一只猫亲昵，在草地上

它和那些光屁股的孩子
一起打滚。
谁都无法占有眸光捕获的
阳光，面对一朵玫瑰关上门

的寂静，谁都不会
延宕歌唱。
如果你来到窗前，或许会看到
最后的阳光正在死去。

疯狂，三月疯狂的阳光。

XIII

已经看不见麦子了，

山峦上徐徐翻卷的波浪。

不能说它们已同你远去

你带走的

只是童年的方式：翻墙而走，

将一把红透的樱桃

塞到嘴里，或者

把微笑藏进衣兜，

你带走的是，向斑鸠吹响口哨

或者要一杯水喝，

然后像毛线团一样蜷缩睡去，

只有猫儿才这样睡去。

这一切都是你，桑葚渍染的你。

XIV

友情刚刚开始的日子，
总是奔向夏天辉煌的疯狂；
我知道最幸福的时光
莫过于

九月里的几天，
黄昏时在沙丘上漫步；
但死亡沿着石头匍匐，
心

焦急地要走向水中，
当一个撕掉了皮肤的人
像孩子一样在太阳下裸露，
他还能期待什么呢？

XV

现在我要说，九月
如何走到尽头。
雾霭如何走近河口。
九月总是山岗上

一群天真无邪的阳光，
一根枝条上的椋鸟，
一声在远方响起
挑战风的呼哨。

残余的光芒
还在草地上歌唱，或许
这是我爱情的歌声，一个少年
徐步走来。

还有牧人。

XVI

树啊，树。有一天我要成为一棵树。

心怀夏日母性的心肠。

花脖子的鸽子

宣告我的新生。

有一天我要把双手

抛给寂静那依然灼热的泥土，

我沿着天空上升，

树被允许做这样的事情。

我已经厌倦了身体，这

在水中重复的沙漠，

到那时，我会居住在赤裸的目光中，

与此同时，雾把湿润的手

放在叶子上。

还有火焰。

XVII

我不知道什么是水之花，
但我知道它的芬芳：
初雨过后
它爬上了平台，

裸露着越过阳台，走进屋子，
依旧湿漉漉的身体，
寻找我们的身体，并开始战栗：
好像它要让我们

借它的嘴啜饮
不朽的余泽，
让大地所有的音乐，
天空所有的音乐都属于我们。

直到世界尽头，
直到晨曦升起。

XVIII

世界的道理
并不完全是你的道理。
任双手燃烧着生活并不容易，
活着就是擦亮一道光芒

照透厚厚的身体，
失明的墙壁。
如果春天尚存，
血的味道将会带来春天，

但不会走向火焰的皇冠。
水黑色的床单，
以及海鸟的粪便
都是你痛苦的组成部分。

涨潮落潮
总是带着精液的味道。

XIX

夏天到来之前，
但愿身体和身体的骚动
在家中结束，把面包放在
桌子上，把一朵花插在屋顶的高处。

我的脸贴着地面，
受伤的目光没有归来，
没有一个朋友，
没有任何声音炽烈地站起。

我可以在这里羁留——只有
草地发出一阵喧响，
那是雨，迈着冰冷的小脚，
把我陪伴。

XX

不，这还不是三月
忐忑的阳光
在一个微笑的船头绽放，
也不是麦子茁壮地成长，

一只燕子展开丝绸的羽翼，
擦过裸露的肩膀，
一条孤独的小河，在喉咙里
酣眠；

不，这甚至不是在做爱之后，
身体发酵，散发出好闻的气味，
沿着街道飘向大海，
更不是那狭小的广场

骤然而来的沉寂，
就像一只船，就像船头的微笑；

都不是，只是一瞥眸光。

XXI

我的眼睛凝视着
你身体最脆弱的地方：死于八月，
和鸟儿一起：
因孤独死去。

此时此刻，我是不朽的：
我整个身体的周围
都拥有你的手臂：
沙子灼热：正午时分。

从你的胸前，眺望大海
垂直地溅落：
在八月，死在你的唇间，
和鸟儿一起。

XXII

夏天剩下的东西，只有
几根头发，肌肤的光泽，还有
告知海燕迁徙的叫声，
剩下的东西

你别在我的嘴里寻觅；
沙漠从未在唇间盛放花朵，
沉默，这稀世之花
从来不是晨曦中的水晶；

夏天剩下的东西照亮另一片天空，
前行，前行
在最纯净的水面前行，
它不会很快回来，不会回到

这些睡床，这些词语。

XXIII

它们触摸土地，触摸白云的天空，
在枝条上逗留，
它们向荒漠打开自己，
有时候也变成星辰。

它们在夜间疲惫地抵达，
辗转难眠，为水的死亡
惶惶不安，清晨的炽热
令它们清澈透明。

它们的劳动是抚摸阳光，
从空气中采集
一枚果实的形状，一颗石头的形状，
并悄悄把它们带回家。

一双手就是这样，但它们自己
对此一无所知。

XXIV

大海。大海再次跑到我的门前。
我第一次见到大海，是在母亲的
眼睛里，波浪接着波浪，
完美而平静，然后

冲向山崖，没有羁绊。
我把大海抱在怀中，无数个，
无数个夜晚，我
睡去或者警醒，倾听

大海玻璃的心脏在黑暗中跳动，
直到牧羊人的星星
在我的胸膛上，踮着脚尖
穿过布满刻痕的夜晚。

这个大海，如此遥远地把我呼唤，
它的波涛，除了我的船，还拿走了什么？

XXV

发疯一般，他们冲向
那些合欢树投下的阴影，
冲向因欲望太多而疼痛的身体。
他们四处张望，没有人看见他们，

土地是沙子，阴影坚硬，
肉体也变得坚硬，
使嘴唇枯干，只有眼睛
还含有一口清凉的水。

首先是盲目的手指
撕扯，伤害，然后是牙齿
咬噬，甚至没有
给性爱进入身体的时间。

他们十分年轻；土地却不是，
土地疲惫不堪，
被黄蜂蜇伤的心
只想死去。

XXVI

桌子上，水果在燃烧：梨、
橙子、苹果预感到
牙齿亲近的白色，
被压抑的愿望，

古老声音的浓酒；
忧伤燃烧的时候，会创造出
另一个城市，另一个国家
另一片天空，释放出

目光和笑声：请你和我一起躺下，
我从大海给你带来了
浪花卷曲的光芒，
这片在腰间捕获的炽热。

XXVII

回到身体，走进去，
不要害怕肉体的暴乱。
没有一张嘴是冰冷的，
即使穿过

冬天的时候。一张嘴贴着另一张嘴
就会不朽：钻石燃烧，星星打开门，
此时光冲出去，占据了

肩膀、胸脯、大腿、臀部和阴茎。
它们在脉搏中清醒，纯洁，
你拥有它们：它们坚实无比，熠熠生辉。

XXVIII

没有别的方式靠近
你的嘴：多少轮太阳，多少片大海
燃烧，只为你不成为雪：
身体

在夏天抛下铁锚：海鸟
盘旋，为你的头顶戴上王冠：
没有完结的音乐
从手指间解放：

光芒绕过脊背，来到腰间，
最甜蜜的部分落在臀部：
为了把你带到唇间，燃烧了
多少片海，多少只船。

XXIX

我曾想，我不会重提那个夏天，
那时的太阳，在光屁股的孩子
和欢快的河水之间躲藏。

不再疼痛的影像——
笑颜、奔跑、牙齿的洁白，
或者晨星
在我们肉体的中心燃烧——

来了，它们为这里带来
如此罕见的雪，
像是飘落的尘埃
缓缓围着火焰坐下。

坐在那里，倾听着风
带来的一切。直到黑夜降临。

XXX

交谈前夕那一夜的记忆
把你灼伤，吻你之前
第一次咬你的那张嘴
用盐把你灼伤。

在早晨，你没有死去的空间，
你只有一个洞穴
来埋藏眼泪，
只有一根枯枝来驱赶苍蝇。

灵魂的职责就是解脱。
动物都是奇迹，
对是否做过晨星的兄弟
没有任何记忆。

也许已经磨灭，或者成为废墟。

XXXI

我已经记不清了，在目光的深处
是否有猫，有太阳，
黄昏将近，
番红花的艳丽变得冷寂。

怎样的声音这样拉住我的手？
怎样的森林还在把我等待？
怎样的阴影突然而至，点燃
灵魂，一条隐蔽的河？

光要以怎样的气息，
以怎样的方式走进窗子。
含糊、嘶哑的忧伤，
蓝色的百舌鸟的忧伤。

这歌声，难道不是它唱的吗？

XXXII

在阴影中，用命名火的名字
也来命名阴影。
甚至在我回想的地方，
卷曲而变幻的阳光

在降临，海面上漂着橙子。
空气中还没有充满声音：
说话无异于
唾液飞溅，最悲哀最孤独的快乐。

在动物与人之间的，是孩子，
是人身牛头的怪物。
身体被出卖了，不再回来，
不再是原来的模样。

XXXIII

那些日子的颜色——请你们帮我
去寻找，它的水之花，
那兄弟般的星辰，
依旧在微小的事物之中

漂泊，这些事物
都属于身体，都属于大地，
玫瑰色的透明，
缀满露珠的胭脂红，

充满童稚笑声的清晨，奔马的蹄声，
第一抹绿意，近似
灰烬的蓝，
白杨树王冠上浅白的灰烬。

XXXIV

没有，我没有找到肖像。
那时你侧着身子，灰色的光线
从你的双臂垂落，
隔壁的房子，烟雾

徐徐爬上秋天
最后的台阶，一只小狗
在院子里跳跃，夜幕
很快就会降临。

你侧着身子，手放在胸前
陪伴着我送给你的玫瑰。
让玫瑰留在这里，
它是手，也是玫瑰。

XXXV

有时候一个人走进家门
带着一根游丝牵系的秋天，
他酣然睡去，
甚至静寂也归于缄默。

也许整夜我听到公鸡的啼叫，
也许一个少年爬上楼梯，
带来一支康乃馨
和我母亲的消息。

我对他说，我从未这般痛苦，
我阴影中的阳光
从未这样死去
如此年轻，如此朦胧。

好像要下雪了。

XXXVI

三月回来了，鸟儿
这种大胆的疯狂
又一次来到我们的门前，
玻璃的

空气，直入心脉。
山，那些山也在歌唱：
只是我们没有一个人
倾听，我们

失神于风或者其他旅人
那单调的音节。
你们已经知道，我们如何
保留剩下的热情，

如何以冷漠，巨大的冷漠
来看待这个世界。

XXXVII

不仅仅是这些房子。这些文字
也露出百孔千疮的皮肤。
阳光不回答，
只把微笑付与风，

这是怎样的光芒？如果文字歌唱，
那么在哪儿歌唱？在一个朋友的心中
是否保存着火焰的余烬。
又怎能期望它

继续存在？语言长出
更多的翅膀。甜蜜地
推开黑夜。此时雪，
哦，雪，还在等待。

XXXVIII

对白色的鸟来说，为时已晚，
在墙的这一边只有死亡不会死去，
只有死亡
不会在它的船上放火。

一束混浊的光穿过天空的缝隙，
带着伤口逃逸，
它无法照亮一只迟疑的手，
它把蜜糖倾倒在地上。

正是在夜的边缘
小路解开绳结，
而一个孩子的声音
祈求用一根绳子捆住寂静。

或者词语——充满遗忘的地方。

XXXIX

他们回来了，用雨的喧哗
温暖着双手。
被拐走的微笑
又回到他们青春的嘴唇。

事实上，我从来不知道
这朵花的名字，清晨
它在一些眼睛中迅速开放。
而现在，知道了为时已晚。

我所知道的是，即使在睡梦中，
也有一种絮语不曾入睡，
这是阳光栖息的一种方式，
是眼泪燃烧的痕迹。

雨落在我的身上。

XL

像托斯卡纳[1]那样的死亡之光
一直是我的姐妹，
它没有把收割干草（并不总是成熟的），
这快乐的任务

交给他人，此时百灵鸟飞到高处，
高声鸣啭或者燃烧，并夺取
白日的遗产

——盐的呢喃，柠檬中
南方的味道，悠长美妙的颤音，
也许是笛子——这死亡之光，
这乡愁，属于什么节日？

① 托斯卡纳：被视为意大利最美丽的地区，以艺术遗迹而闻名，其首府为佛罗伦萨。

XLI

我只剩下了眼睛、词语。
我只剩下一张纸，
上面清除了
难以忍受的蝼蛄聒噪。

在黄昏湿润的簇叶之间，
我不知道把手忘在了哪里。
也许是和雨水一起
在石头间奔流，

在泥沼中跋涉，在雾霭中
跌倒。
手迷失了。
手失明了。

XLII

过来吧，把你的耳朵凑近我的嘴，
我要告诉你一个秘密，
有一个人搂着夜晚
躺在沙子上，一声喊叫把他

与另一个人分开，没有人听见喊叫，
太阳很早就已经烂掉。
我不知道他是否等待
黎明时启程，还是和沙丘的荆棘一起

留下来，他的眼睛
充满无知与善良，
他就这样
面对诽谤，面对狂风。

他像是一条狗，甚至还不如。

XLIII

我们不知道陋习，这徒劳的
艺术游戏把我们的手
引向何方：在睡眠中
一切变得清澈透明，

而窗子向南打开。
没人知道如何利用
这种知识，更多的时候，它好像
更热爱生活的反面：一个身体

在夏天刚刚结束时开始死去，
初雪来临时重新复活。
在荒漠，另一个声音呼唤
另一种爱恋：

在睡意与高热之间。

XLIV

在这堵墙的后面可以听见大海。
在十一月，十一月，可以清晰地看见，
大海在每一个音节留下的足迹。

一个男人和一条狗出现在地平线上。
他们在傍晚中行走，
走向大海。
那堵墙后面的大海。

苦恼自远方而来，而大海
总是跟在后面。
十一月被写在雾中。
那个男人和狗走进夜晚，

阴影，黑色阴影的夜晚。

XLV

十一月的入口没有一个人。
他来了，好像什么也不是。
门已经打开，
他走进来，脚几乎没有踩到地面。

他没有看一眼面包，没有尝一口酒。
没有解开寒冷的死结。
只是在紫罗兰的光影中，不停地
朝屋子里的孩子微笑。

那张嘴，那瞥目光。那只手
不属于任何人。他要离开，
他有自己的音乐，自己的规律，自己的秘密。
但这之前，他抚摸大地。

仿佛大地是他的母亲。

XLVI

在冬天，手难以命令
手指，
风给我带来的名字
是雪的四个音节。

在荒凉的墙壁上，在垂直
荒凉的白色上，
残留着一滴眼泪的痕迹，
或者如此微小模糊的
任何东西。

手在大地上书写：
没有其他的葬身之地，
阳光
一朵一朵地被刈割。

XLVII

现在说到手；它不能飞翔；
也无法把石头
变成一轮旭日；手紧攥的是
一无所有。

手茫然，动荡，并不安全；
它只知道荒漠，光秃秃的
荒漠；
只知道没有墙壁也没有屋顶的家。

手不会梦想；不会梦见
潮湿的、兄弟般的词语：
连脚也不认识；
词语。

不认识任何东西。

XLVIII

今晚我疯狂工作
是给鹰以荣耀；
我要死去；在嘴唇的高度，
大海可以是家。

清晨将从目光中驱逐太阳；
我登高望雪，
采集空气中
透明而绿色的馨香。

没有人可以睁着眼睛
忍受世界的重量；
马匹跟着黑夜一起跑了；
跑了，为了活下去。

XLIX

屋子走进水中，

院门向着晨星敞开，

荆棘

在开花，

窗子上，只有古老的大海

青春地闪烁，

大海看见过四处漂流的船上，

无数的水手

失去了方向和理智，

凝视着

闪现的晨星：

只有在死亡中我们才不是异乡人。

L

我心满意足，对生活没有欠债，
而生活只欠我
几文小钱。
其实我们两不相欠，因此

身体已经可以休息：它以前
日日耕耘，播种，
也有收获，直到
某种东西消失，可怜的，

无比可怜的畜生，
现在它的睾丸已经荣休。
有一天我将伸展四肢
躺在那棵无花果树下，很多年前
我看见它孤独地长大：
我们同属一个品种。

（《白色上的白色》，1984 年）

新生[①]

① 这是诗人1988年发表的诗集，1994年由笔者译成中文，由澳门文化司署和花山文艺出版社联合出版。全书共分三个部分:《世界的新生》《夏天的知音》和《世界的玫瑰》。

作者给译者的一封信[1]

尊敬的姚先生：

我当然没有忘记你，虽然我们只见过两次面：一次是你把在北京翻译发表的我的诗作送给我；另一次是在澳门驻里斯本联络处，我们一起参加我的诗集《情话》的发行仪式。新年之际，你又告诉我，你已把我的诗集《新生》翻译成中文并邀请我为其写序。我该说些什么呢？首先，我非常高兴我的作品能同中国读者见面，因为远在三千多年前，“一个天性质朴、情感细腻的伟大民族就把诗歌视为表现其智能的最崇高的形式”[2]。

也许你不知道，我曾不止一次地说过，与古希腊诗歌和我们的友谊谣曲一样，东方诗歌是令我百读不厌的，尤其是李白、杜甫、白居易以及王维，很早以前就俘虏了我。我之所以喜欢他们，并不是因为他们与我们在某些方面存在着无法比拟的差别，而是恰恰因为两者之间存在着相似之处。也就是说，虽然我们相距遥远，但音节的力量可以使我们心有灵犀。

在一位中国诗人的手里，一支墨笔可以天马行空、任

① 这是作者为《新生》中文版撰写的序言。

② Paul Demiévisle 所编《中国古代诗歌集》（作者原注）。

意挥洒，每一个字都同时传达着乐感和画意，呼唤着人去与天地合二为一。这种多元化的时间是无法移植到我们的语言中来的。当然，对于一个仅凭阅读翻译作品而对中国诗歌艺术略知皮毛的人来说，比如说我，要想洞悉其玄机也是不可能的。然而，令我欣慰的是，我还是感受到了李白那格律复杂的诗句所散发出的清新感人的气息，比如在他的一首诗中，两友分别，相对无语，惟闻骏马嘶鸣。[①] 如果让我在所有诗篇中选择的话，我会对这首诗情有独钟，因为这首诗的真实是具体的，它以恬静洒脱的形式烘托出一种精神境界。这对西方人来说，即使是百般努力，也是无法企及的。在我的诗歌中，人与自然的关系总是被吟诵的主题，因此，对我来说，东方诗歌最诱人之处是它可把外部世界化为心灵的风景。关于这一点，歌德曾对爱克曼讲过，但蒙塔莱的表达最为贴切：在东方文化中，“崇尚自然的人和艺术本身就是自然”[②]。在中国，贡戈拉或马拉美式的诗歌是没有大好前途的。

中国诗歌的迷人之处还表现在其他方面：表现手法的精炼，语言的雅俗兼容，对蜉蝣生命和逝者如川的时间所表现出的敏锐感悟，超脱尘世的意旨以及于完美的质朴中显现出的俊爽豪宕的气势。不仅如此，中国诗歌还注重表现惊叹、

---

① 指李白《送友人》一诗。
② Giorgia Valensin 所编《中国抒情诗集》（作者原注）。

愤怒、恐惧以及兵乱所带来的贫困题材，尤其是吟诵友情的主题占有特别重要的位置，在一些此类诗中，离别的痛苦被描写得淋漓尽致，这在其他诗歌中是很难见到的：

昔我往矣
杨柳依依
今我来思
雨雪霏霏

我很高兴我的作品能通过你友谊的手，抵达了“万物源于斯”的东方。也许我紧贴大地、超脱尘世的诗句所传达出的质性自然会融入你的语言之中；也许一些魂灵，只要屏息谛听，依旧会听到雨的喧响或预感到山雀的啁啾。

谨致

问候

埃乌热尼奥·德·安德拉德

1993 年 *1* 月 *13* 日于波尔图

第一集　世界的新生

与这片云

孩子[①]，你告诉我，你悄悄告诉我，
你朝着哪颗启明星在成长？
如果时间未晚，我要乘这片云，
这片高高的云
与你同行。

① 这里指诗人的养子米盖尔，这本书就是诗人献给他的。

题一帧照片

你不要做一缕薄雾，不要心神远游。
你走得慢一些，慢一些：
把目光化为
忘记时间的时间，化为
一片净土：黄沙碧海。

新生

你很快就在我胸膛上迈着小脚丫学步，
你的手指很快就开始比比划划，
你很快就换下乳发，
因为你正在长大，正像我们一样
长成一朵艰辛的岁月之花。
你现在是世界，或者说永恒
一个新的名字。

和苹果一起

孩子们和苹果一起来了。

来自南方，

白杨树知道他们的名字。

海鸥也和他们相识：

我打赌是海鸥

这些海滩上的吉普赛女郎

为他们指点了路。

和苹果一起来了：

一群孩子，一群蜜蜂。

城市

我牵着孩子的手，在街上行走
我们去驱赶阴影，去召集
沙丘、骏马、依旧清新的太阳，
以及快乐地吠叫的小狗。
我的眼睛嗅闻着前方，
而孩子的手照亮我的手。

和帆船一起

他们长大了，这些孩子。

长大了，和帆船一起，

和桅杆一起。

长大了，在我百孔千疮的心里。

只有孩子不会死去。

还有猫咪。

清晨

用阳光，用家乡四周

夏天般的石灰墙，

用动听而又粗狂的音乐，

用染遍崇山峻岭的云霞，

打造一个王冠——

并用盛满泪水的金樽，

为你这生命的王子洗礼。

第二集　夏天的知音

夏天那边

你从南方，或者从荷马的诗句中走来。
在谛听了你唇间的大海大海大海之后
如何安眠呢？

家

我的身体中筑起了一所房子，
没有门，没有墙，也没有顶；
大海将从这里涌入，谛听美人鱼的声音；
夏天将再次来临，缀满露水莹莹。

在大海身旁

身体知道。

身体并没有忘记

太阳的方向：

把家建在大海的身边，

忠诚地守护

大海青春澎湃的心。

炽燃的双手，举得很高很高。

夏天的知音

虽然我们萍水相逢，但童年时
我们都是夏天的知己：
你从河中走来，你从清晨走来，
在那里我们曾一起戏浪击水，
一起爬上高高的大树：我曾看着你
在青蛙后面嘻嘻学跳
或抓住一根细细的树枝荡秋千……
你赤裸的身体像刺扎入我的双眼。

地上的阳光

没有缘由，一个声音打破沉寂，
一个依附生命匍匐的声音，
与地上的阳光，三月尚在蔓延的阳光，
交织在一起。

住址

第一所房子不能算是家；
它不是栖息的巢。
我还有另一处小屋，那里
没有人问起我的年龄，
没有人问我夏天是否已经过去，
也没有人问起我狗是否咬人，
而晨光总是站在窗前。
这才是家，这里的太阳火一团。

微笑

我相信是微笑，

是微笑打开了门。

这微笑含着明媚的阳光，

令人欣喜地走进去，脱掉衣服，

裸露出身体。

在微笑中去奔跑，去航行，或者去死亡。

桃子

它令人想起青春的裸体：
臀部金黄色的皮肤
印着鲜艳的红晕，柔软弯曲的
金色茸毛，围绕着平静而不可侵犯
的圣地，心旌荡漾的人只能注目欣赏，
却不敢用黄昏般迟暮的手指
轻触这清晨的肌体。

身体

是大海——每当我触摸一个
身体，我感觉是大海
波翻浪涌
拍击我的手掌。
夜阑深处，太白星
举手可及，我再不能迷失
在涌动不休的波浪里。

小院灯火

你点燃了小院的灯火，
也打开了门——你还等什么呢？
此时你正在加倍地热爱着生命，
热爱着混合着
唾液的盐的汗水，热爱着
在种子的阳光中潺潺的水声，
热爱着那头发的黑夜
被重焕青春的双手点燃。

炉火边

人并不总是悲伤的家园。

星夜里，天使的微笑

使人心境悠然：

炉火边，一只小狗依偎着你的胸膛，

你会像梦中逐兔的它一样沉入梦幻。

又一次

天啊！我的手，我的手又一次
成为夏日阡陌纵横的田园，
成为一杯水，清新如白杨树的树叶，
成为一把挥舞的铁锤，
把静寂的杆头敲断。

大地之上

我知道我在大地上生活并成长，
我清心寡欲，不追求权势，
不追求学识，也不追求财产。
我只愿像唇一样渴求唇的轻吻，
像炽白的静寂之火隐隐而燃，
像夕阳初坠时的暗风拂荡，
我知道我在生活，在生活，
靠着你的胸膛，靠着你的臂膀，
我为了你而成长。

夏日的犁痕

黑压压的人群来了，
踏着夏天的犁痕向着我涌来。
我知道有人在科孚岛有华屋，
在格拉纳达有花园，
或者在海上有游船。
有人的却只有眼睛
以及眼睛中深邃的水
比如我，
为了畅饮至终。

向日葵

如此疯狂如此赤裸的阳光，
只能属于向日葵。
我倍感骄傲，
为这朵艰辛之花走进了家门。
或许这是我渴望的
最后一个夏天，
充满了离别。
但我为向日葵感到骄傲，
好像它们和我亲如兄弟。

与你为伴

是我，是我在感觉的睡床上与你为伴，
辗转难眠。
我感觉是你在我的身体上
踏波而行——你不要做火烧的伤疤，
也不要做沙漠的枯唇。
爱情不会颗粒无收，爱情之子
可以是一颗星，可以是一句诗。

桑葚

夏天，我的国家弥漫着
野桑葚的气味。
谁都知道，我的国家不大，
既谈不上人杰地灵，也说不上风流倜傥，
但是有野桑葚般甜美的歌声，
犹如早起的人，在树林里歌唱。
我很少说起我的国家，也许谈不上
喜欢它，但每当一个朋友给我带来
野桑葚，白色的石灰墙就
出现在我的眼前，
我看见葡萄牙的天空同样很蓝很蓝。

无瑕的眼瞳

阳光总是这样，总是这样：
是从山羊群边流走的时光，
是紫荆花冠上的一片纯洁，
是沿着你身体的草地和沙丘蔓延的疯狂，
阳光总是这样，总是无瑕的眼瞳。

刺荆

这个地方，只有火
不会延宕开放
这个地方，夏天拒绝成为
一个烧成灰烬的
比喻。

小波斯猫

生活在这首诗中的小波斯猫
有一对蓝晶晶的眼睛。
像对其他生灵一样，我对它满怀
父爱之情。
我会轻轻抚摸它的茸毛，
也会与它在阳光下嬉戏，
或者把一朵引逗它的花放在窗下。
它的利爪、锐齿和执拗
把我的生活，也就是我的余生
演变成快乐的节日。

无花果树

我的手触摸不到蔚蓝。

我只能在梦中见到大海。

其实大海并不遥远，但我没有看见

它在燃烧。

只有阴影似乎留在了家中，

躲藏在我的枝叶下面：

一边脱掉鞋子，一边轻歌浅唱。

例句

那里有一弯潺潺的流水，
有踩着音节倒塌的墙壁，
有化为飞鸟逃逸的眸光，
有成为灰烬的火焰之心——
这都是例句，语言的例句。

酒醒了

美酒千杯，我酩酊大醉；
酒痕斑斑醒来时，牧羊人
已吹响黎明的口哨；
此调翩然入耳，胜过所有的音乐；
我感到自豪，为心灵
被星辰的奶液滋润。

鹰

依偎着北方冰冷的河
我与夏天挥手而别。
关于河，
有许多人已道出我的心曲；
低落的河不属于我；
巴比伦的河不属于我；
我是一只青春的鹰，
只驾驭另外的气流，
只翱翔另外的云天，
让我燃烧着飞翔吧。

秋天的地域

秋天，丛林的迷宫，
音节的迷宫，而却说
是悠然的眼睛，是浩渺的川流，
是桦树高处的蝉鸣，
是最后一缕夕阳，
是轻盈的玻璃白晃晃。

即使身在废墟

玻璃上的雨故意盎然。
它是从小树林跑出来，那里的夏天
曾梳理着水的双翼。
心里的阳光迟迟不肯死去，
即使身在废墟。
它是秋天华贵的丝绸，
它是甜美，是舌尖上的盐粒。

年老的家

不是第一次我怨天尤人，
但无人听我述说。
今夜，雨渗入我的筋骨，
却无人点燃炉火。
上路的人带走了
有着珊瑚眼睛的少年，
身后留下敞开的门。

秋天

秋天在路上，而已经抵达的忧伤，
在身体上的深深挖掘，
在伤口中筑巢；
有时忧伤会被雨浸透，
慢慢地腐烂；
或者留下坚硬的伤疤，
难以抹掉。

告别

六月已经结束，笼罩着蓝花楹
遍体鳞伤的阳光，凝结在
我的肩上，这是我此时
与你共享的所有，
而被拆除栅栏的心
只能把猫儿庇护。

没有你

没有你，躯体便是
臂膀的累赘。
甚至向日葵的金黄
也变得残酷无比。
我不会编造什么，
但在眸光的艺术中，
阳光是肌肤的伴侣。

愿望

愿望，缥缈、辉煌
而又忧伤的愿望依旧在吠叫；
我不知道它弯下身躯，
躲在什么地方，但是它在吠叫；
只要闭上眼睛，就可听见
他那充满鼻息的声音：
那是正在爬上山丘的黎明，
那是南方从此开始的灰色的天空，
那是终于叩响门扉的大海——大海啊
大海，只有大海才这样歌唱。

不会死去

你告诉我，你再一次告诉我，
什么东西不会死去：
是南方六月清晨的马蹄声响；
是鹰隼刺破的一片蔚蓝；
是满载这夏日的印痕被送至
唇间的沙山。

当六月来临

你把你的手，你润滑如丝的手
交给了谁？夏天的热情
已经跳进河里，
那被爱情紧缩的声音
也迷失了羊群。
六月来临之时，
试问归家何处？

我依然渴望

不管怎样，我依旧渴望
临高墙看大河之上
云飞雾卷，
看辉煌的向日葵迎风梳开
狂乱的头发。
向日葵是夏天的家园，
最后的家园。

偶然

从海上归来的你，双唇似火在燃烧；

然而你只是偶然的过客；

犹如一只云雀或者鸫鸟。

第三集　世界的玫瑰

南方

夏天里，有一堵墙。
广场上，唯一的存在是
鸽子和白石灰的热浪。
忽然间，寂静耸动起鬃毛
向大海奔去。
我曾想，我们应该这样死去。
这样死去，轰鸣中魂系蓝天。

所有的音乐

冬季尚未来临，
而萧瑟的气息已经属于雨了。
我感觉到大海在涨潮，我的双手
已经准备好把它掬至唇间：
所有的音乐，
只能属于那澎湃的轰鸣。

墓志铭

一月并不是死亡的时节，
甚至大海和阳光也不会
死去——雪要来了。
即使这样，你还是决定
在这个下午诀别：
你看着一个孩子爬上夏天的高墙，
然后笑了——这是很久很久以前的事了。

寻访

你穿过大街，推开门扉，
让脚步在柔和的光晕中踏响：
就像童年时想象的死亡，
如此高大，如此洁白，声音嘶哑。

没有回忆

对没有回忆的日子来说，
是否会有另一个名字不属于死亡？
不属于死亡的是纯洁和轻盈：
缱绻于山岗的清晨，
被双唇轻吻的身体的光泽，
花园中绽放的第一枝丁香。
在没有回忆的地方，
会有另一个名字吗？

世界的玫瑰

玫瑰。世界的玫瑰。
已被烧灼。
已尽是语言的污秽。

凝结在脸庞的第一滴露珠。
是花瓣，
是哭泣编织的花瓣。

淫秽的玫瑰。已被分享。
已被爱过。
是受伤的唇，是无家的风。
似乎什么也不是。

东方札记[①]

① 这是作者 **1990** 年访问澳门后写下的文字。

吾师庇山耶[①]

我一直把庇山耶看作是诗歌艺术的最高典范；也就是说，他属于波德莱尔或卡瓦菲斯[②]那一类的诗人。对我来说，佩索阿[③]、庇山耶、塞萨罗[④]、贾梅士[⑤] ——我喜欢这样倒着排列 ——始终是葡萄牙语诗歌中最崇高的名字。在这些名字中再加上我们的任何一位诗人，甚至帕斯格阿斯、安东尼奥•诺布雷、贝尔纳蒂或者贝罗•梅戈[⑥]，我都会犹豫不决。然而，在所有这些诗人当中，我相信只有庇山耶是我暗暗迷恋的大师。我是一个与世无争的人，但我对庇山耶如此钟爱，甚至到了这种程度：只要某位肤浅的批评家论及庇山耶的影响时提到他的名字，或者某位更为肤浅的

---

① 庇山耶（Camilo Pessanha，1876 — 1926），葡萄牙象征主义诗人，1894 年来到澳门，先后任司法官、教师，同时研究中国文化，后死于澳门。著有诗集《滴漏》，曾翻译《中国悲歌集》。他对葡萄牙现当代诗歌产生过深刻的影响。

② 卡瓦菲斯(Cavafis, 1863 — 1933)，希腊诗人，其作品由艾略特介绍到英语世界，引起轰动。

③ 费尔南多・佩索阿（Fernando Pessoa，1888 — 1935）葡萄牙现代最伟大的诗人，对葡萄牙现当代文学影响巨大。

④ 塞萨罗（Cesário Verde，1855 — 1986），葡萄牙诗人，以描写城市生活而著称。

⑤ 贾梅士（Luís Camões，1524？ — 1580），又译作“卡蒙斯”，葡萄牙历史上最伟大的诗人，著有以葡萄牙航海大发现为题材的史诗《葡国魂》和大量的抒情诗。传说曾在澳门生活过并写下《葡国魂》的部分章节。

⑥ 这几个名字均为葡萄牙诗人。

批评家说到庇山耶影响了这个或那个诗人，我都会心生嫉妒。我不禁心里嘀咕：这家伙是个傻瓜，唯一继承庇山耶绝妙乐感的人应该是我。由此可见，我是多么为我的先师而自豪。

不是在*1938*年就是在*1939*年，我发现了庇山耶。我一直认为，发现他是鬼使神差，突如其来：我好像接到一道命令，非阅读庇山耶不可。那是一个下午，课间休息的时候，我像往常一样去星星公园看书。在我坐的椅子上，我看见了一张折叠的字条，我想一定是情侣留下的，但是我错了：这是一个书单，精选了几本要买或者要看的书。这些书我都看过，只有一本除外。这本书叫*Clepsydra*[①]，一个神秘的名字，大概是外文。我马上去了巴拉特拉书局，这是里斯本一家售卖古书的书店，我经常光顾，因为当时我已经有了把零花钱都用来买书的习惯。在这家书局，我毫不费力地找到了庇山耶的书：它就摆在那里，定价两块五毛钱，书还很新，完好无损。书*1920*年由卢济塔尼亚出版社出版，只印行了一版，这种书印数肯定不会多。对于庇山耶，我们永远不能用歌德对雨果说的话来做评价："应该少写多做。"后来，我把这本别具意义的书赠给了米盖尔•托尔加[②]，有趣的是，我们一位共同的朋友，得知此事

① 希腊文，即用水计算时间的"滴漏"。
② 米盖尔·托尔加（**Miguel Torga，1907 — 1995**），葡萄牙当代优秀的诗人、小说家、本文作者的好友。

后，把他的那本《滴漏》送给了我，当时他并不知道《滴漏》对于我意义重大，不用说，这本书我一直保存至今。

那时候，我被费尔南多·佩索阿所吸引，在国家图书馆读了他的许多作品，从他那里学习了艰难的诗歌艺术。然而，庞山耶的诗歌更经得住考验，他过滤了他那个时代“世纪末诗歌”的所有泡沫，在这一点上，无论是佩索阿还是萨·卡尔内罗[①]，在他们所处的时代都未做到功成圆满。庞山耶的诗歌是炼金术，其诱人之处在于发挥了暗示和联想这一绝妙的能力，对于已经开始的言说从来不做出结论，对庞山耶来说，言说似乎并不是至关重要的。这种朦胧成为诗歌的元素，创造了一种言有尽而意无穷的意境，诗人与静寂心有灵犀，在思想与感觉之间游离未决。在诗歌的王国，没有人像庞山耶这样讲究谨严而又无所拘束，仿佛在他用神秘和透明编制的词语的经纬中，毫无人为写作的痕迹，仿佛词语从来就是为了奔向“死去的雨”的节奏而流淌的，但我知道这是不可能的。因此，多年之后，当我读到佩索阿写信给庞山耶，执意请求庞山耶以“荣誉的身份”为《俄尔浦斯》第三期撰稿时，我一点也不觉得惊诧。当时的《俄尔浦斯》，正如佩索阿所说，“收留了”所有代表先锋艺术的作品。这发生在*1915*年，先锋派振聋发聩，影响不断扩大，在当时造成了巨大的冲击力。

---

① 萨·卡尔内罗（**Mário Sá-Carneiro，1890 – 1916**），葡萄牙诗人，对葡萄牙现代主义诗歌运动贡献良多。

佩索阿越过所有的台阶，登上荣誉的峰顶，他的诗句成为平庸的大学表明钟爱诗歌的幌子，其实，它们从来没有热爱过诗歌，而庞山耶，人们只是偶尔把微弱的注意力投向他，投向他那扑朔迷离的人生。庞山耶始终在社会的边缘生活（或者说放弃生活），不与那些自以为是、空话连篇、道貌岸然的同代人为伍，因为庞山耶坚持的只是永恒的批判精神，这使他走向寂寞的道路。比起他的同代人，他对他养的狗更有兴趣。

他是一个楷模，我永远忠实于他。

耐心的艺术

好像是叫珠江，但我不敢肯定。我肯定的是每天吃早餐的时候，海湾的景色就会映入我的眼帘：右边是开往香港的船只，左边的线条细腻的大桥，它连接着澳门半岛和氹仔岛。我说不出为什么，但这座大桥应该属于鹭鸟的家族。它和鹭鸟一样的优雅，也有鹭鸟一样的浅灰色。大桥的这一端是人们夸张地称之为的摩天大厦，大桥的另一端也是一样。澳门这座城市，从远处看有一种迷人的假象，其实澳门的“五脏六腑”都是暴露在外的，但是坐在从香港开往澳门的喷射船上看不到这一特征，甚至你从中国内地进入澳门时也看不到。不过，转眼间你就知道你错了，城市的特征很快就展现在你的面前：当你拐过第一个街口，城市的气味、喧嚣、跳动的目光、滚动的汗珠便会迎面扑来，告诉我们确实踏上了东方的土地 —— 这里的男男女女沿街而居，他们在街头劳动，吃饭，争论，开怀大笑；时光漫漫，他们把永无休止的动作变成耐心的艺术。他们很穷，但并不自卑，因为他们也许知道，这个世界上有的富人比他们更加贫穷，因为从他们充满灵性的手中诞生了瓷器、草编、竹器、美食、书法、绘书、纸张、诗歌、织物、石雕和音乐，这一切反映出东方智慧的细腻、巧妙和高超。

当你漫步在大街小巷（有的街名已不会在其他城市找到了，比如关前正街[①]、水里手、六围屋、恋爱巷、友谊大马路、老餐巷），你会像诗人所说的那样：心潮起伏，但没有人知道什么理由使你这样。你感到疲倦，于是走进了一座花园，看见处处都有老人，有的在打牌下棋，有的在聊天。往里走，一位妇女在做体操，练气功，或者两者兼而有之。再往里走，一个少女和一个老妇像是欣赏城市风光或者大海。老妇目视远方，少女竹笛横吹，一缕音乐袅袅飘来，犹如纸扎的星星在天空飘荡。黑夜就要来了。

石头

似乎人人都喜欢马，但也有人为石头而痴迷。不难看

① 这一街名与葡文街名不符，葡文是 **Rua dos Ervanários**，意即“卖药人街”。

到在中国人的家中最显要的地方，红漆或黑漆的矮桌上用暗色的玉石花盆摆放着晶莹透明的卵石。在公园，青竹昂首刺向蓝天，杨柳尽显唐代诗意，姿态优雅，俯向看不见的水面，睡莲郁郁葱葱，但石头更是不可缺少的。它们或浑然一体，仿佛神话之中的狂龙从山上推滚而下，或巧妙地立于一隅，如掀开面纱的躯体雕像。它们默然伫立，挑战着时间和尘埃。它们没有人工雕琢的痕迹，最多是被灵巧和抚爱的手稍加整理；它们摆放在那里，与其说是让人欣赏，不如说与风共舞。我唯一感到遗憾的是菩萨雕像都没有以石头为材料，其实在这些地方石头才会找到自己的位置，才会在静寂的黑暗中燃烧。

青山叠翠

友人比我先到，选了早餐吃的水果，选了一张临玻璃窗的桌子坐下。我来到餐厅时，白色的餐盘中已经有了几块赏心悦目的甜瓜和木瓜。侍者给我端来麦片，但我要了茶。我不慌不忙地吃着早餐，眼睛却在海湾（地图上叫作“南湾”）的水面和钱纳利的画册上来回跳跃，画册是澳门市政厅送给我的。我不赶时间，所以打算趁着早餐享受一份悠闲，让自己沐浴在从玻璃窗射进的阳光波影之中。澳门正值十月，但依旧炎热，而葡萄牙已进入秋季，波尔图早已是凉风冷雨。我不愿出门，只想钻进电梯上楼，拿两三本书坐在阳台上，任九重葛的紫色把我浸染，任一些影像把我吸引。有一些影像就在眼前飘忽，另外一些则在远方浮现，像是废墟。友人看到阳光明媚，径自走了；没有城市的喧嚣，只有优美得像一幅素描的大桥；游泳池传来的欢声笑语；海面上一两艘船掠过；氹仔岛在远处若隐若现。“青山横北郭”[①]的景致并不在澳门，在庞德翻译的李白的诗句中才可找到这样的景致。李白的这首诗是我平生最喜欢的诗作之一，诗的最后写到两友依依相别，惟闻骏马嘶鸣，也许他们还流下了泪水，就像阿喀琉斯[②]为普特洛克勒斯[③]之死而哭泣一样。

李白和澳门与我的精神紧密相连。曾有一个人[④]向我介绍东方诗歌，他热爱中国文化，为孙中山的事迹所吸引，于是来到了中国；庇山耶死后不久，他前往“上帝圣名之城”澳门编写当地的草药目录，凑巧的是，他年轻时远走他乡求学，在科英布拉的农业学校与庇山耶的表弟是同窗，庇山耶的表弟也写诗。那时候（第二次世界大战刚刚爆发），他成了我最要好的朋友之一，他不仅跟我谈论唐代的诗人和画家，还向我介绍了孙中山及其改变了中国社会的三民

---

① 李白《送友人》一诗。

② 阿喀琉斯（**Aquiles**），传说中的希腊英雄，在特洛伊战争中，他的朋友普特洛克勒斯被赫克托尔所杀，他不得不重新参加战斗，杀死了赫克托尔。

③ 普特洛克勒斯(**Pátrocio**)，希腊传说中墨诺提俄斯的儿子，在特洛伊战争中拥护阿喀琉斯，身穿阿喀琉斯的盔甲投入战斗，后被赫克托尔杀死。

④ 指萨·诺格拉（**Sá Nogueira**），此人曾在澳门居住，编纂了《澳门 **380** 种草药目录》一书。

主义。

当时我十七岁，不由地佩服这位继承了费尔南·门德斯·平托[1]冒险精神的人物，仿佛他来自于神话。现在是我来到了澳门，这是十月底的一个早晨，比七月葡萄牙的海滩之晨还要明亮，炎热。我刚刚从中国回来，参观了孙中山的故居和花园，那里荷花盛开，艳丽无比，胜过天国的玫瑰。没错，先生，我作为一个称职的诗人，来到了澳门，此时正坐在东方文华酒店的露台上，露台下是游泳池，欢笑的男女沉浸在“秋日炎炎”之中，因为我已经说过，现在已经是十月了。我又想起李白那首关于离别的诗，他的许多诗写的都是离别，仿佛诗歌就是一个无法避免的漫长离别。

阳光之歌

他们一大早就来了，下午也来。他们人数很多，几乎都是老人，手提着一两个鸟笼子。他们有时把鸟笼子放在公园的草地上，有时悬挂在低矮的树枝上。这些竹制的圆形笼子，精美玲珑，有如鸟儿一般。老人们也会把笼子放在草地上，然后抽出底板，这样鸟儿细小的爪子感受到草地的清新柔软，就会快乐地啁啾。很快其他鸟儿就会回应，

① 费尔南·门德斯·平托（Fernão Mendes Pinto，1509 — 1583），葡萄牙旅行家，曾到中国历险旅行，著有描写东方经历的《周游记》一书。

一只，两只，三只……就像老人们自己唱起歌来一样。他们善意地互相对视，他们的微笑是来自眼睛还是嘴唇，谁也不知道。这是纯洁的微笑，也是东方保存得最好的秘密。然而，仁慈的源泉莫非也是残酷的源泉？我曾看到这里的人们用利刃麻利地割下青蛙的头，又像脱下手套那样剥下青蛙的皮。鹌鹑也是他们手下的牺牲品。然而，此时他们却和鸟儿在一起，或者和天使在一起——谁知道呢？——歌唱大地，让人匪夷所思。暮色四合，老人们沿着肮脏拥挤的街道，在嘈杂声中，在一种类似溶解金属的浓烈刺鼻的气味中，拎着鸟笼子走在回家的途中，夕阳依旧在他们的眼睛中燃烧。

捍卫贾梅士[①]

这些鸟儿叫什么名字？样子很像小的乌鸦，它们在草地上跳来跳去——但我来到这里不是观赏鸟的。我和其他人一样，是来参观石洞的，根据深入这块土地的传说，贾梅士曾躲到这个石洞，在寂静中书写诗篇，以此排忧解愁。传说是可信的：山岗景色怡人，举目远望，海湾波浪翻滚，可以寻找遥远的记忆。事实上，贾梅士四海漂流，把澳门

① 贾梅士（Luis de Camões，1524？—1579）又译作“卡蒙斯”，葡萄牙有史以来最伟大的诗人，著有史诗《葡国魂》等大量诗作，传说曾在澳门生活过并写下《葡国魂》的部分章节。

当作栖身之地，这不足为奇。因此，有关贾梅士的传记和传说并非无稽之谈，就我而言，我不反对让贾梅士这位“令人恐惧的浪漫诗人”在东方光扬葡萄牙人的形象。

在石洞面前，人们拍照留念，我也没有躲掉朋友的镜头。贾梅士雕像的底座铭刻着几篇平庸的文字，只有加雷特的文字与众不同，为这些可怜的文字挽回一些声誉。雕像周围，还有一些过客之类的人物留下的石碑和诗句。贾梅士与平庸朝夕相伴，令我感到羞辱。因此，我斗胆请求澳门市政厅撤掉这些石碑，如果市政厅的委员大人喜欢这些石碑——有谁不喜欢呢？——可以定制一些让贾梅士和石头都受之无愧的作品。贾梅士，是他把我们的语言发扬光大，成为一种文化，是他把我们的元音和辅音带到了世界的各个角落。在我们的诗歌中，挑选几首颂扬贾梅士的诗文来代替那些庸常的文字并不困难，比如可以从巴西最葡萄牙化的诗人特鲁蒙多·安德拉德开始：

贾梅士，啊！你用激荡的音节
编织爱情、战争和梦想
所有音节都是生命之音的回荡……

写在水上的名字

我不喜欢墓地，哪怕是绿草如茵的英国人的墓地。我是不愿打扰死者安宁的那一种人，我一生中只去过两三次墓地，因为我从来不参加葬礼。不过在罗马，我向济慈的墓献上了鲜花；在杜比跟（*Tübiguen*），我瞻仰了荷尔德林的墓；在坎登（*Camden*），我拜谒了惠特曼的长眠之地。在澳门，一个星期天我在熙熙攘攘的市场买了一束黄色的雏菊，准备献给庇山耶。时值秋末，但中午依旧炎热。一切看起来都是白色的：墙壁、墓碑和大海。所有的墓地都是千篇一律的，庇山耶的也不例外。他的墓碑上镶嵌着一幅三人合照的相片——诗人、儿子和与诗人一起生活的中国女人。这是庇山耶其中的一个女人，不是他的妻子就是他的女儿，不过对我来说无所谓。庇山耶让我感兴趣的是他的诗歌，而不是他同哪个女人葬在一起。一位妇女在清扫墓地，她拿起一个花尊，注满水，然后微笑着交给我。在这个墓地，最美丽的莫过于这微笑了，即使在骄阳似火的中午也清新怡人。我把花插进花尊，脑海回响起庇山耶的诗集《滴漏》中那空灵无比的诗句："我在花园漫步，茉莉花多么芬芳，月光多么洁白。"

在澳门，曾经有一个人把名字写在水上。这个名字，后来有人把它刻在了石头上 —— 庇山耶先生 ——这是一位教师的名字，一个法官的名字，他在这块土地上名声不佳，尽管公认他才华横溢。当然，人们希望他结婚生子，周日领着子女去教堂做礼拜，就像儿女成群的雷森德女伯爵那样。不过在二十世纪初期那远去的殖民年代，庇山耶却加入了共济会，吸鸦片，专找漂亮的中国女人同居。此外，他还是个诗人，在这个地方，懂得庞山耶诗歌的人屈指可数。而这些屈指可数的爱诗之人，一定会热爱庞山耶。至于其他人，每当庞山耶遇见他们，总是一边脱帽致敬，一边低声骂着：婊子养的！婊子养的！婊子养的！……

关于诗艺

诗歌行为是对人性坚持不懈的揭示。这是认知的火焰，同时也是爱的火焰；在火焰中诗人激扬自己，完成自己，这才是诗歌的精神，别无其他。当人类向最静寂的水底潜游时，浮出水面的是独特性和多元性。然而，有趣的是，人类的精神更容易关注相异性而忽视相同性，从而忘记了歌德所说的，独特性和普遍性是和谐统一的，因此诗人的语言，如此忠实于人的语言，反而被人玷污了。实际上，诗人否定他人所肯定的，揭示他人所隐匿的，敢于热爱他人想都不敢想的事物。诗的语言即使熠熠生辉，也心怀忧伤；尽管平静如水，也缀满愿望；哪怕在倾诉静寂，也会发出喧响，因为语言渴望诗人的存在，追求个性的张扬。诗人所要寻找的是融合，是光与影、虚与实、圆与缺的高度和谐。

诗人的揭示，他人和诗人共同对生命的揭示，这种贺拉修曾找到方式向灵魂深处的抵达，这种揭示在生命途中所获得的事物的勇气 —— 揭示在灵魂的长廊获得或者梦想的能力，从来就不是容易的，也不是快乐的，更不是不负责任的 —— 我现在称之为诗人的尊严，同时也是人的尊严。因此，只要一个人表现他所看到的事物，哪怕这种事物多么美妙或者多么令人难以忍受，都是在表现人的尊严。

“人的未来是人”，对此我完全同意。不过，占据我们未来的人，不应该是异化的人。异化的结果是人沦为悲哀的动物，这种特性在我们身上已经存在了几千年，但是其可能性我们远未了解 —— 有的文化更热衷向人们隐藏真实的面孔，而不是把这美丽而斑驳的面孔带入白昼纯净的辉光。我反对诗人的语言在业已丧失人性的人身上进行骚动；诗人是在生命鲜活的躯体上叛逆的，但我反对肢解这一躯体。诗人敢于在“苦痛中歌唱”，是因为他不想在自己的眼中看到自我就死去，是因为他敢于承认自己、厌恶自己或者热爱自己，否则我不相信他会有所成就。从荷马、若昂·达克鲁斯、威廉·布莱克、维吉奥到亚力山大·勃洛克、李白、松尾芭蕉、卡瓦菲斯，他们伟大的诗歌抱负都是一致的：写人，他们的每一首诗似乎都是这样写的。这个人，由成千上万的面孔拼贴而成，是人类瞬间的面孔，所有这些面孔都在大地上灿烂地呼吸，不分贵贱高低。它们被一万种差异阻碍分离，也被一万种相似性结为一体。它们相异而又相同，看似相同，但每一个都是完整的、独立的、无所依赖的个体。每个诗人都无法脱离这些面孔。

诗人的叛逆是以忠实的名义进行的，忠实于人，忠实于清醒的愿望：做一个完整的人，忠实于让根扎在最深处的大地；忠实可以在人的身上揭示离血液最近的真实，这也是灵魂的真实。

关于我的诗

1. 我不知道什么是纯诗。关于诗歌，尼采说出了我要说的话：没有污点就没有存在。

2. 关于我的诗，人们总会大谈其“纯粹性”，其实所谓“纯粹性”，不过是一种热爱，热爱大地上的事物，以一种炽烈但还没有完结的方式去热爱。

3. 我认为我的解释无助于我的诗歌变得更加容易理解，事实上它们并非难懂。我想如果读者读不懂我的诗歌，是因为他们读得匆忙，或者是懒惰，要不就是缺少起码的艺术修养，而这是任何严谨的艺术都要求的。我所有的诗句都是对“清澈的观望”的迷恋，哪怕走在黑夜的迷宫中也是如此。这并不意味着在我的身上，在我的诗歌中没有阴影的地带，我会倾身用一个白天来表达阴影，也不意味着我不考虑诗歌语言的模糊性。但我可以肯定，正是在阳光和青春的地平线上，我的歌声和寂静向着你的寂静和歌声敞开。语言是诗人的劳役。语言是对我们的判决。我们用同样的词语去相爱，去仇恨！就像亚诺 *(Jano)* 一样，是有两面性的，语言既行走在黑夜，也行走在白天。至于我，我喜欢散发着大地、水、夏天火的果实、风中的船的气息的

语言。我喜欢那些像卵石一样润滑又像乡村面包一样粗糙的词语，那些弥漫着干草、灰尘、泥土、柠檬、树脂和阳光味道的词语。

4. 身体在我的诗歌中具有重要性，因为至少从柏拉图到现在为止，身体是人类被侮辱、被蔑视、被践踏或者被扭曲得最厉害的一部分，我希望给它以尊严。在人们奢谈精神的时候，我说身体，因为所有没有骨肉的思想都令我恐惧。剔出了血液热量的人是可怜的。只有通过身体我们才能企及我们可以抵达的神性，才能在大地的柔弱之光中不再做一个陌生人。

5. 为谁而写作？我怎么知道？你可以告诉我吗？谁可以和我一起走向太阳升起的地方，在那里让我畅饮解除干渴的所有清泉？诗歌的趣味是热情与感悟的结盟，要求冒险和一丝不苟，我希望我的诗歌在这样的读者中产生共鸣。不过，当我写诗的时候，难道我会想过这些问题吗？

6. 我不属于任何圈子。是偶然还是缺乏兴趣？不管怎么样，他们搞的那一套和我没有什么关系。一个圈子借助一两个名人的肩膀，聚集了多少庸才；在一两个货真价实的创新者的阴影下，出现的是多么贫乏的运动；多少学院派假借“新精神”之名而欺世盗名。用“创新之手把握未来”（我又引用了尼采的话）的人寥寥无几，这些人知道“可数的音节”与公证人的文字毫无共同之处。

7. 我在童年时就根植于最基本的世界，从那时起我保

持着对简单明亮事物的热爱，这是我的诗歌努力所反映的。我热爱白色的石灰（葡萄牙乡村大多以白石灰涂抹墙壁——译者注），它一直搅拌着我的精神；我还热爱蝼蛄刺耳的歌声；热爱口语这种赤裸的语言，它没有华丽的词藻表现出灵魂和身体的第一需要的沟通；从童年那里我还学会对奢华的蔑视，“奢华无论以什么方式出现，都是一种堕落”。

图书在版编目（CIP）数据

在水中热爱火焰 ： 安德拉德诗选 / （葡）埃乌热尼奥·德·安德拉德著 ； 姚风译. -- 长沙 ： 湖南文艺出版社，2020.9（2023.2重印）

（诗苑译林）

书名原文：Selected works of Eugenio Andrade

ISBN 978-7-5404-9695-1

Ⅰ. ①在… Ⅱ. ①埃… ②姚… Ⅲ. ①诗集－葡萄牙－现代 Ⅳ. ①I552.25

中国版本图书馆CIP数据核字(2020)第123857号

版权登记号：18-2017-056

在水中热爱火焰：安德拉德诗选

ZAI SHUIZHONG REAI HUOYAN：ANDELADE SHIXUAN

作　　者：〔葡〕埃乌热尼奥·德·安德拉德

译　　者：姚　风

出 版 人：陈新文

责任编辑：耿会芬

整体设计：天行健设计

内文排版：钟灿霞　钟小科

出版发行：湖南文艺出版社

（长沙市雨花区东二环一段508号 邮编：410014）

网　　址：http://www.hnwy.net

印　　刷：湖南省众鑫印务有限公司

经　　销：新华书店

开　　本：880mm × 1230mm　1/32

印　　张：9.5

字　　数：159千字

版　　次：2020年9月第1版

印　　次：2023年2月第2次印刷

书　　号：ISBN 978-7-5404-9695-1

定　　价：58.80元